W0222286

Hayykitap - 421
Edebiyat - 43

Güzel Kaybettik
Caner Yaman

Hayykitap Edebiyat Yayın Yönetmeni: Caner Yaman
Kapak Tasarımı: Latif Çetinkaya
Sayfa Tasarımı: Turgut Kasay

ISBN: 978-975-2477-29-2
1. Baskı: İstanbul, Ağustos 2017

Baskı: Yıkılmazlar Basım Yay.
Prom. ve Kağıt San. Tic. Ltd. Şti.
Evren Mah. Gülbahar Cad. No: 62/C
Güneşli - İstanbul
Sertifika No: 11965
Tel: 0212 630 64 73

Hayykitap
Zeytinoğlu Cad. Şehit Erdoğan İban Sk.
No: 36 Akatlar, Beşiktaş 34335 İstanbul
Tel: 0212 352 00 50 Faks: 0212 352 00 51
info@hayykitap.com
www.hayykitap.com
facebook.com/hayykitap
twitter.com/hayykitap
instagram.com/hayykitap
Sertifika No: 12408

© Bu kitabın tüm hakları
Hayygrup Yayıncılık A.Ş.'ye aittir.
Yayınevimizden yazılı izin alınmadan kısmen veya
tamamen alıntı yapılamaz, hiçbir şekilde kopya edilemez,
çoğaltılamaz ve yayımlanamaz.

Güzel Kaybettik

Caner Yaman

İyiliği kaybetmeyenlere...

İnsanlar anlamaz.

Canım benim, sen bilmiyorsun şimdi, ne yorucudur anlatmaya çalışmak.
Sinsi bir düşman gibi ilerler kendini hissettirmeden anlaşılma çabası.
Sonra yıkar geçer.
İnsan kendine herkesten beter.
Anlatmaya çalışırken anlamazsın,
yıkımları onarmak için delirmiş gibi anlatırken, farkına varamazsın
içindeki yıkımın.
Anlattıkça anlaşılmamanın tahribatı.
Sonra bir bakmışsın, kendine kalmışsın.
Enkazlar altında herkes yalnızdır.
Ayakta kalanlar hep yanlıştır.
Kendin.
Biraz eksilmiş, biraz üzgün. Biraz fazla.
Kül tablalarını dökmeyi ertelemez sadece yorgun bir insan,
bir noktadan sonra insanları da erteler, anlatmayı da erteler.
Anlamayı ertelemez tek.
Bir kere anlamıştır artık anlatmanın boşunalığını.
Ertelemez artık.
Anlar hep.
Ve hep acı çeker.
Bilim dindiriyor diyorlar artık acıları.
Oysa hastane koridorları hala yalnız insanlar mezarlığı.
"Kaç yara bandı eskitebilir" diye merak ediyor herkes
"oluk oluk kanayan bir kalp?"
İnsanların rakamlarla arası çok iyi.
Ama kaç yara açtığını,
ne kadar kanattığını hesaplayamıyor kimse.

Canım benim, farkında değilsiniz,
delik deşik olmuş kalbiniz.
Kendiniz, kendinizin
dokunulmuş ve terk edilmiş taziye defterisiniz.

Herkes gider mi?

"Hiç bir şey olmamış gibi. Hiç bir şey olmayacakmış gibi..."

Yanılgılarla dolu bir hayat yaşadım.

Yaşlı değilim, ama yaşadıklarım yaşımdan fazladır. Kendi önüme çekip, sonra kendi kendime yıktığım setlerle yaşadım. Çoğu zaman kendi yarattığım yıkımların altında kaldım. İçimdeki enkazlardan kendimi çekip çıkarmak bana düştü hep. Çıktım da. Mutluluk hep uzak göründü, ama dibime kadar gelip göz kırptığı da çok olmuştur.

Hastane giriş kapısında dikilmiş elli metre uzağımdaki banka bakıyordum.

"İyi bak oğlum bu manzaraya" dedim kendime, "iyi kazı belleğine. Buraya daha sonra da çok düşecek yolun ama sen yine de bu manzarayı iyi belle."

Sabahın körüydü, çiğ taneleri çimenlerin üzerinde parlıyordu üzerlerine vuran gün ışığıyla. Babam bankta tek başına oturuyordu. Başında krem rengi kasketi, yanında siyah çantası vardı.

Hastaneye yatıracaktık.

Hayat bazı kapılardan geçerek vardığın bir yerse, o kapıların çoğu geçmek istemediğin kapılardır. Ucu hep boktan yerlere çıkar. Bu hastane kapısı denen yer de onlardan biridir, ucunun iyi bir yere çıktığı kolay kolay görülmemiştir.

Veznede uzunca bir kuyruk vardı. İyileşmek için varını yoğunu o vezneye dökmeye hazır, sırf yakınları ölmesin, bir an önce iyileşip sağlığına kavuşsun diye güle oynaya para vermeye, evrak peşinde koşturmaya hazır onlarca insan. Yüzlerinde derin kaygılar taşıyan, uykusuz, mutsuz insanlar. Oysa ben farklı olduğumu düşünmüştüm hep. Herkesten farklı olduğumu, hiç anlaşılmadığımı düşünüp durmuştum ömrüm boyunca. Ne farkım vardı şimdi benim bu insanlardan?

Yerdeki fayanslar pırıl pırıldı, tavandan sarkan uzun zincirli avizeler güçlü bir ışık yayıyordu. Hastanenin içi son derece aydınlıktı, hastanedekilerin içiyse zifiri karanlık.

Kuyruğa girmedim.

Babam bahçedeki bankta oturuyordu hala, oturuyor olmalıydı. Görüntüsünü atamıyordum aklımdan. Bir insan bunca şeyi hak edemezdi. Ortada ciddi bir adaletsizlik vardı ve ben buna tahammül edemiyordum. Gözümden sıyrılan bir damla yaşı işaret parmağımla yok ettim. Boğazımda bir el vardı.

Benim boğazımda genelde bir el mutlaka olurdu.

Başımıza gelen her şeyden, belki de canı sıkıldıkça boğazımızı sıkan bu görünmez, tutulmaz el sorumluydu.

Tuvalet kapısını açmak üzereyken içerden uzun boylu,

çelimsiz, kara kuru bir genç adam çıktı elinde temizlik malzemeleriyle. Şanslıydım. Bir hastane tuvaleti ne kadar temiz de olsa her zaman rahatsız edici bir tarafı vardır. Fakat temizlikçinin tam da o anda tuvaletten çıkması, bir nebze de olsa rahatlatıcı bir unsur olarak görülebilir. Şanslı olduğum nadir anlardan bir tanesiydi bu. Zaten şanslı olduğum durumlar genellikle boktan durumlardır, çok da ipe sapa gelir durumlara denk gelmem şans söz konusu olduğunda.

Aynada gördüğüm adam "bir sigara yak" dedi. Aynada gördüğüm adam diyorum çünkü hatırladığım kadarıyla bana pek benzemiyordu. Benim yüzümde genellikle umursamaz bir ifade olurdu aynada kendime bakarken. Bu adamınsa gözlerinde derin bir korku çukuru vardı, yanakları patlamış bir balon gibi sönmüş, elmacık kemikleri aşılmaz bir dağ gibi uzanmıştı teninden dışarı. Gözyaşlarım aşabilirdi kendimle aramda uzanan bu dağı, ben aşamazdım. Sigara yaktım. Rastgele bir kapıdan içeri girip, kendimi içeri kilitledim. Lise yıllarım geldi aklıma, o sıkıntılı müdür yardımcısı gelip kapıyı tıklar mıydı acaba şimdi? Kalbim yerinden çıkacakmış gibi çarpar mıydı yine? Gerçi kalbim günlerdir benzeri bir korkuyla çarpıyordu, vücudum daha önce hiç tanımadığım, kaygı yüklü tepkiler veriyordu ama ben yine de bu çarpmanın müdür yardımcısından kaynaklanmasını tercih ederdim. Sigara bitti. Bir tane daha yakacakken çakmağı düşürdüm tuvaletin deliğine. Ellerim titriyordu. Bu eller ne işe yarıyordu? Canım bu denli yanarken ellerim ne işe yarıyordu sigara içmekten ya da yemek yemekten başka? Tuvaletin ucuz fayanslarını yumruklamaya başladım. Gözyaşlarımla senkronize, son derece estetik yumruklardı bunlar. Fazla uzun sürmedi. Babam beni bu halde görmemeliydi. Şaşırdım buna. O haldeyken bile bu detayın aklıma gelmesine şaşırdım. Bir müddet boş boş baktım duvara ve yumruklarıma. Ciddi bir hasar yoktu, ufak bir kızarıklık. Vezneye ödemeyi yapıp, babamı odasına yerleştirinceye kadar geçecek sürede, kazağımı parmaklarıma kadar uzatarak sıyrılabilirdim, babama hissettirmezdim olanları. Hissetmiyormuş gibi yapıyordu çünkü, oyun oynadığımızı bile bile, rollerini en iyi şekilde yapmaya gayret eden oyuncular gibiydik. Hiç bir şey olmamış gibi. Hiç bir şey olmayacakmış gibi. Oyun bitince hastaneden çıkıp, hayatımıza kaldığımız yerden devam edecekmişiz gibi...

...

Mutlak, sonsuz ve sınırsız bir mutluluk yoktur insan için.

Biliyorum.

Her şey tamam da olsa, bir gün öleceğini bilmek, yüreğinin en derininde yatan mutlak ve sonsuz gerçektir.

"İnsan öleceğini bilerek nasıl yaşar?" demişti biri.

Zaten bu da yaşamak değil ya...

Hayatın, en azından çekilir olması, bu hayatta sahip olduğun güzelliklerle orantılıdır.

Güzel insanlar tanımak, güzel işler yapmak, güzel anılar biriktirmek, güzel olan ne varsa eksilmesin, çoğaldın diye mücadele etmek...

Tahammül sınırını arttırır, ölümün gölgesinde anlamsızlaşmış bir hayata anlam katar yine de.

Buraya kadar tamam da.

İşte o güzelliklerin bir parçasının, en değer verdiğin insanların sonsuzluğa uzanan vedası...

İşte o bütün mantıklı açıklamaları tuzla buz eder.

Dersin ki.

Ölüm bir gerçekti evet, ama benim tek gerçeğimi öldürmek zorunda değildi...

...

Kırıldım.

Şu kelimenin içine ne kolay sığıyorum. Bir ömür ne kolay sığıyor bir kelimeye.

Elinde iki bardak çay, yüzünde canı yanmış bir ifadeyle yanıma geldi Eylül.

O benim en eski, en derin hikayemdi.

Hep vardı ve bir o kadar da yoktu. Bir başkası vardı hayatımda, zaten hep başkaları oldu. İçimde en çok o vardı ama hayatımda ondan başka herkes vardı. Böyle garip bir durum.

Hayatın çelme takıp da beni şu hastane önü çimenlerine düşürdüğü anda bile yanımdaydı, yüreğimdeydi. Ama hayatımda değildi işte.

Yine de gülümseyerek, yaşadığım, yaşadığı ne varsa hepsine rağmen gülümseyerek. Yanıma geldi. Yürürken plastik bardaktan taşan çayın yakıcı etkisi mi? Yok. Bundan daha öte bir acıydı onun yüzündeki. Onu hiç terk etmeyen, otuz iki dişiyle gülerken bile oralarda bir yerde olan acı ifade. Onu erken yaşta terk eden anne ve babasından miras bir acı, içimizde olan ama asla dışarıya çıkamayan o duygulardan kaynaklanan ya da o hastane bahçesindeki halimi görüp hissettiği acı. Bir insanın acı çekmesi için birden fazla sebep her zaman bulunur.

Çayı uzattı. İstemedim. Israr etti. Aldım. Çimlere boşalttım.

"Sen! Sen var ya... Boş ver... Canın cehenneme!" diye bağırdıktan sonra elindeki çayı fırlatıp hızla uzaklaştı.

Savunmasızdı, canı yanıyordu, canını çok yakmışlardı, biliyorum. Nefes alış verişlerindeki o tedirgin halden, ürkek bakışlarından, titreyen sesinden, alt dudağındaki diş izlerinden biliyorum bunu.

İnce uzun kemikleri sertti parmaklarının, kemikleri örten teni ne kadar da inceydi. Çok üşüyor olmalıydı. Çok kırılmış insanlar çok üşür, onların kemikleri kadar yürekleri de savunmasızdır. İncecik tenleri örtemez, gizleyemez kırılgan yüreklerini. İçi dışı birdir onların, içleri dışları yerle bir edilir.

Biliyorum ben, canının ne kolay yanabileceğini biliyorum. Bir umut ışığı arıyorsun gözlerimde. Karanlığa batmış gözlerimin arkasını görmek istiyorsun. O kadar inanıyorsun ki buna. Her defasında yanılamaz çünkü insan değil mi, bu sefer yanılmayacağından o kadar eminsin ki. Bu sefer yanılmamayı o kadar istiyorsun ki...

Yine yanılacaksın.

Yanılacağız.

Ne çok isterdim yanılmamayı. Onunla birlikte, bir kere de olsun yanılmamayı ne çok isterdim ben de. Bu yaraları birlikte sarmayı ne çok isterdim.

Ama olmaz işte. Sihirli kelime. Hayatımızdaki tek sihir. Gerçekleşmesi en muhtemel, biricik olasılığımız bizim: Olmaz...

Ona kötü davranmak zorundayım. İtmek zorundayım, bu çekime kapılamam, bunu ikimize de yapmaya hakkım yok. Bu maskeyi indirirsem, ona olan zaafımı gösterirsem, ikimiz de dağılırız çünkü. Her şeyin ve herkesin kötü olduğunu düşünmekten daha güçlü bir duvar yoktur bu hayatta. O duvarın arkasına saklandıysan her an tetiktesin demektir, sana yönelecek en ufak tehlikeyi kolayca sezebilir, savaşabilir ya da kaçabilirsin demektir. Her şeyin güzel olacağına inanmak, buna onu da inandırmak sığındığımız duvarları yıkar, rüzgarla dağılıp eriyecek bir kum tepesinden, toz yığınından farkımız kalmaz. Savruluruz. Zaten savruluyoruz, daha uzağa savrulur, daha sert çakılırız.

Gerek yok.

Diz kapaklarımdaki izler, oraya sakladığım acılarım söylüyor bunu, ben değil.

Böyle iyiyiz.

Her şeyin güzel olacağına inanıp beklemektense, her şeyin daha da boka saracağına inanmak ve öyle yaşamak daha güvenlidir.

Ve bazen bir şeylerin iyi olmasına hakikaten gerek yoktur.

Durdu sonra. Nefes alış verişleriyle inip kalkan omuzlarına dökülen saçlarına vuran ışık göz kamaştırıyordu.

O ışık zaten hep bizim dışımızda bir yerlere çarpıyordu, içimize uğradığı yoktu. Geri döndü sonra ve daha sakin bir şekilde bana doğru yürümeye başladı. Tedirgindim ama herhangi bir şey yapacak halim yoktu. Bekledim öylece. Savunmasız, boş vermiş, vazgeçmiş bir halde, dirseklerim dizlerimde, parmağımın ucunda bitmiş bir sigaranın acı dokunuşu.

Gözlerini gözlerime dikti. Sakindi. Bu daha da yaktı canımı.

"Birinin incinmişliğinden öpmek, ağlamaktan morarmış gözlerinin içine içine bakmak, kanayan ellerine, hırpalanmış yüreğine dokunmak, o yüreğin sancısını içinde hissetmek ne demek bilir misin? Kırmadan, acıtmadan, canını yakmadan iyileştirmek, güven vermek, kırılgan duygularını sarıp sarmalamak ne demek sen bilir misin?

Bilmezsin.

Bir kere olsun anlamaya çalıştın mı mesela, bir kere olsun sustuğum çığlıkları duymayı denedin mi? Çabaladın mı? Kendinden verdin mi hiç? Bir kereliğine de olsa almadan vermeyi geçirdin mi aklından?

Kaç soruda tamamlarım senden eksik kalanı bilmiyorum ben. Kaç cevap gerekir seninle tamam olmak için inan hiç bilmiyorum. Olabilir miyiz bilmiyorum. Hani soruların anlamsızlığını fark edince susar ya insan Mehmet?

Ben şimdi sana bağıra bağıra susuyorum."

Küçük, pembe bir zarf tutuşturdu elime sonra, koşarak uzaklaştı. Küçücük bir zarf, zar zor kapatılmış. Kenarından yırtmaya kıyamadım, zarar vermeden açmaya çalıştım yapıştırdığı yerden. Yeterince zarar vermiştim, yeterince kırmıştım onu, en azından elinin değdiği bir şeye zarar vermeyerek kendi içimi rahatlatacağımı düşündüm belki de, belki de bir takıntıdan ibaretti gösterdiğim bu özen, emin değilim. Çok az bir yırtıkla açmayı başardım zarfı, içinde bir sayfa vardı sadece, tam 6 kez katlanmış ve 3 santim genişliğindeki o küçük zarfa sığacak hale getirilmiş tek bir sayfa kağıt. Her bir katını yavaşça açarken içimde yükselen korkuya anlam veremedim. İçinde yazanlara ulaşmaya çalışırken bir yandan da okuyacaklarımdan uzaklaşmak hissiyle doluyordum. O sayfa karanlıktı, yaşantımız kadar, birbirimize yaşattıklarımız kadar karanlıktı o sayfa, emindim.

Elimde okumaya cesaret edemediğim bir kağıtla hastane önünde kalakalmıştım. Babama ne olacak diye soruyordum kendime ve iyiye dair bir cevap geçmiyordu içimden. Bana ne olacaktı peki? Anneme ne olacaktı? Bunlara verdiğim zincirleme olumsuz cevaplarla tüketiyordum kendimi. Karanlık denen bataklığa daha da saplanıyordum.

Yine de insanın en dibe vurmuş olması, en dipte kalacağı anlamına gelmez. Oraya doğru ilerlerken hayatında eksik kalan bir şeyleri orada bulacağı düşüncesiyle tutunur hayata. Başka türlü olsa daha en dibe ulaşmadan terk etmesi gerekir yeryüzünü. En değerli şeylerin en diplerde olduğu inancı güç verir bakıma.

Hayatı çekilir kılacak olan neydi?

Ne eksikti bende? Bulmam gereken neydi?

Çevirdim kağıdı, bu halimle, bu haldeki bana söylenmiş cümlelerle yüzleşmem gerektiğini hissettim. Tertemiz bir kalpten kağıda dökülmüş cümlelerin gücüne inanman gerekir bazen, en zor zamanlarında bile.

Bir şeylerin iyiye gideceği yoktu aslında, buna inanmak ahmaklık olurdu.

Ama sen vardın işte. Benim bu dünyada iyilikten anladığım tek şeydin.

Kötülüğün dibine kadar batmış bir dünyada, ben sana inandım...

Bir insanın bir insana inanması, bir hayatı sonsuza dek bir anlamla yaşayabileceği anlamına gelir. Her şey, her yer karanlık olabilir. Ama sadece bir insan bile bütün dünyayı aydınlatabilir. Eylül benim aydınlığımdı, bunu yıllardır biliyordum, içine düştüğüm karanlık, hep bildiğim bu gerçeğin üzerini örtmüştü sadece. Uzun zamandır hissetmediğim kadar mutlu hissettim kendimi. Belki bir süre sonra yeniden o karanlığa, karamsarlığa teslim olacaktım ama bir yerlerde benim için de aydınlığın olduğunu bilecektim hep. Zamanı değildi şimdi.

Zaman ben söz konusu olduğumda hep hata veren bir şeydi.

Şimdilik. Ne güzel kelime. Şimdilik. Karanlık cümlelerin sonuna iliştirilmiş pırıl pırıl bir bahar sabahı gibi.

Bir kelime yeter hayatı değiştirmeye. O kelimeyi sana

hatırlatanlarsa her şeye değer.

Cebimden çıkarıp refakatçi kartıma baktım uzun uzun. Babamın adı yazıyordu, benim adım yazıyordu. Canım yandı. Bu isimler hep yan yana kalmalıydı. Ayağa kalkmalı ve savaşmalıydım. Saniyelik bir zaman diliminde sıyrıldım aklımdaki bütün düşüncelerden, babama odaklandım. Tahlil sonuçları çıkacaktı. Kazanmaya ve hayatta kalmaya odaklandım. İyi olacaktı her şey. İyi olmak zorundaydı. Ne ara odanın kapısına geldim bilmiyorum. Babam yatakta bağdaş kurmuş oturuyordu. Önünde kağıtlar vardı. Göz göze geldik. Sağ elini yumruk yapıp havaya kaldırdı ve sallamaya başladı. Gülüyordu.

Sanırım bu sefer kazanıyorduk.

....

Sahi bir gün gelir mi
o çok inandığımız güzel günler?

Gelmez diyor içimdeki ses.
Yine de inanıyorsun.
İnsan inanır.

Gelmeyeceğini bildiklerinin
geleceğine inanmaksa ahmaklıktan değil,
zorunluluktandır.

Kendinden başka tutunacak neyin var?

İçinde taşıdığın
o umut kırıntılarından başka
ne var elinde?

Artık seni sevmiyorum.

Kazanmak için, bazılarını kaybetmem gerektiğini anladım.

Aynı gazetede çalışıyorduk, en güzel oydu. Çok ihtimal vermiyordum ama bir yemek yemeye ikna etmiştim bir şekilde. Şaşırtıcı bir şey oldu, düşününce hala inanamam.

"Ben yıllardır seni bekliyormuşum" demişti Duygu akşamın ilerleyen saatlerinde, kolay inanırım ben. Bunları söylerken gözlerinin içi gülmeseydi belki daha başka olurdu her şey. Gözlerimi kaçırabilseydim gözlerinden...

Gerçekten, kolay inanırım ben.

Ya da ne bileyim, insanlar bilse bunu, herkes bilse. Gözlerine bakmayayım, inanır bu deseler. İnanır ve acı çeker. İnanmak acı çekmektir, bunu biliyorsun.

Canı kolay yanar bunun. Bakmayayım ben bunun gözlerine, varayım yoluma gideyim... Deseler...

"Ben sana tertemiz bir sayfa getirdim, üzerinde ismin var" dedi, gözlerim doldu benim, herkese anlatmak istedim. Bu duyguyu bilir misin? Hiç sevilmediğini düşünerek yaşadığın bir hayatın karanlık perdesini seviyormuş ulan diye bağıra bağıra yırtmak istedin mi sen de? İstemişsindir. Sevildiğine inanmak istemişsindir. Sevildim sandığın zamanların o küf kokulu anılarını silmek istemişsindir sonra. Ağız dolusu bir gülüş kaplamıştır yüzünü, yüzün terk etmiştir binlerce yıllık hüznü. Bir dosta gitmişsin, bir çay söylemişsin, mutlu kelimeler karışmış tavşan kanı dumana, buna bile şaşırmışsın.

Şaşkınlığa karışmış itiraflar, itiraflar samimiyetle boyanmış, içtenliğin hiçliği yenebileceğine o noktada inanmışsın.

Dünya şimdi daha güzel bir yer.

Bu yeter.

Biraz sevgi, biraz içtenlik, biraz da inanmak. Sevildiğine inanmak.

Seviyormuş.

Seviyormuş ulan. Ne güzel cümle.

Dünyayı bu cümle değiştiremeyecekse, zaten yaşıyoruz demesin kimse.

Çok hızlı ilerlemişti bir şeyler. Gazetede sürekli beraberdik, gazete dışında sürekli birlikte vakit geçiriyorduk. Haftanın çoğu günü bende kalıyordu. Her şey çok güzel gidiyordu. Babam iyileşmişti, güzel ve sevgi dolu bir kız arkadaşım vardı, fena da para kazanmıyordum. İlginçtir, bir şeylerin kötüye gidebileceği fikri bile yoklamıyordu hiç. Alışık olduğum bir durum değildi. Olumsuz duygu ve düşünceler içinde kaybolmaya meylim vardır zaman zaman da olsa.

Uzun süredir görmüyordum babamı, farklı şehirlerdeydik sonuçta. Ben İstanbul'da yeni yetme bir gazeteci, tutulmuş köşe başlarında kendine yer açmaya çalışan saftirik bir taşralı, işsizler ordusunun dışında haline şükretmesi gereken bir garip genç adam. Ailem taşrada mütevazi bir hayat sürmekte, hayatımın o kısmında hastalık ya da akrabalar arası arsa meseleleri dışında pek de bir atraksiyon yok. Her şey stabil, dengesizliklerin içinde ayakta kalmak için çarpışan benim. Şu İstanbul'un herhangi bir yerine göz gezdirdiğinde fark edebileceğin en standart hikayedir bu. Mücadele, yer edinebilme çabası, başarısızlık, köye dönüş, kapanış. Bu döngüyü kırmaya çalışıyorsun işte anlamsız bir şekilde. Neden? Bilmiyorsun.

Babamın hastalığının ardından geçen yaklaşık iki yıllık bir süreden bahsediyorum. Bir bayram günü bir araya geldik, memlekete gitmiştim, mutluyduk, hasret giderdik. Annem her zamanki gibi etrafımızda dört dönüyordu yine. Aile saadeti. En sevdiklerinin varlığı, onlardan aldığın güç... Neye değişebilirsin bunu? Hiç bir şeye.

Sonra İstanbul'a döndüm tekrar, annemi ve babamı o kendi halinde, o tertemiz hayatlarıyla baş başa bıraktım.

Bir gece vakti, görünürde hiç bir neden yokken, odamda ağlama krizine girdim memleket dönüşü. Ciğerlerim ağzımdan çıkacaktı sanki, o derece sarsıntılı bir ağlamak sözünü ettiğim. Öylesi bir kriz sona erdikten sonra bile bir süre kendine gelemezsin kolay kolay. Duygu odanın ortasında, ayakta kaskatı kesilmiş bir şekilde bana bakıyordu. Şaşkınlıktan ne yapacağını bilemiyordu sanırım. Korkuyor da olabilirdi, muhtemelen üzülüyordu da, tedirgin ve şaşkındı aynı zamanda.

Zaten en yoğun, en karmaşık duyguları, başına bir hal gelen insanları izlemek zorunda kalanlar yaşar. Birinin başına bir hal geldiğinde o hali yaşayan kişi, o halin gerektirdiği duyguyla boğuşmaktadır sadece, ama bu duruma maruz kalan, aynı havayı solumak zorunda kalan dışardakiler çok daha farklı, çok daha tarifsiz duyguları aynı anda yaşarlar.

o odada herkesten ve her şeyden bağlantımı koparmış bir haldeydim, beynimdeki, yüreğimdeki her şeyden sıyrılmış bir et yığınından farksızdım.

Kendimden geçmişçesine ağlıyordum. Utanmıyordum. Çünkü sevdiğim kadının yanında ağlıyordum. Sevdiklerimin yanında maskesiz, çırılçıplak olmayı severim. Onların yanında sözlerimi ya da hissettiklerimi örtmek bana anlamsız gelir. Böyle olmadıktan sonra onlara en sevdiklerim dememin de bir anlamı yoktur çünkü. Böyle olmadıktan sonra onlar benim için herkes gibi olması, o mesafede kalması gereken insanlar olurlar. Başka türlü bir sevgiye inanmıyorum.

Bir süre sonra sakinleştim, gözyaşlarım daha sessiz aktılar bir süre daha, sonra tamamen durdular.

Burnum akmaya devam etti bir süre daha.

İkinci sigaranın ortalarına geldiğimde o da pes etti.

Balkon kapısının önünde bağdaş kurmuş bir halde oturuyordum.

Sevgilim başını sırtıma yasladı. Hafifçe ona doğru dönüp kollarımı boynuna dolayıp yanıma doğru çektim, göğsüme yasladım.

"Neden" diye sordu.

"Babamın sırtında küçük küçük sivilceler çıkmış, anneme gösterirken gördüm" dedim.

"Eeee? Ne varki bunda?" diye sordu.

"Bir şey yok, sadece ağlamak için bir bahane lazımdı galiba" dedim sadece. İçimi dökemedim. Anlatmak istemedim.

Bilirsin, duyduğun bazı sorular susma sebebidir bazen. Bazı sorulara cevap vermek istemezsin. Öylesine sorulmuş sorular. Soranla ilgili çok fazla fikir veren sorular...

Sonra ne olur biliyor musun? O canım, o tertemiz kağıdın üzerine yazdığı ismini siler bir çırpıda, kaçamazsın bundan. Hep böyle olmuştur zaten, ve hep böyle olacak, bilirsin.

Ne kadar sevsen de, yüreğine ne kadar ortaya döksen de, bir gün mutlaka şu cümleyi duyacaksın, "Artık seni sevmiyorum."

Afallayacaksın önce, ne yapacağını bilemeyeceksin. Kendini koyacak bir yer bulamayacaksın, ortada kalmış hissedeceksin.

Nasıl yani?

Benim yüreğime kazıdığım o duygulardan sen nasıl bu kadar kolay kurtulabiliyorsun? Bunu nasıl yapıyorsun, bana da anlatsana? Bu kadar kolay mı?

Sanki o an zaman duracak da, böyle havada asılı kalacaksın. O acı seni hiç terk etmeyecek, zaman hiç geçmeyecek, zaman hiç bir şeyi iyileştirmeyecek. Böyle hissedeceksin bir süre.

Sonra "sevme" diyeceksin, "sevmezsen sevme. Kendimi öldürecek değilim. Her biriniz azar azar, parça parça öldürdünüz zaten. Güzel laf değil mi? Yaz bunu bir kenara, bir gün sana da lazım olur..." diyeceksin.

Ama o gitmiş olacak.

Yüreğinden biraz daha çalmış olacak tıpkı ondan öncekiler gibi.

Ve sen elde kalanlarla yeniden çoğalmaya, yeniden tutunmaya çalışacaksın. Nereye kadar başaracaksın bilmiyorum. Ama başarmalısın, sadece bunu biliyorum.

Çünkü her şey biter. Artık alışmış olmalısın.

Ama bazen, sürerken göremediklerini biterken anlamaya başlarsın. Güzel şeyler devam ederken körleşir insan. Her gün azalır, her gün biraz daha uzaklaşıp kendinden, başkasına adanır. Duyuları zayıflar, benliği başkalaşır.

İnsan herkesten çok kendine uzaktır.

Sonra bitti işte, ne diyeyim?

Buna hazırlıklıydım. Bir ayrılığın ardından ne kadar gözyaşı dökülürse döktüm ben de, yalan yok.

O da dökmüştür elbet. Yok dökmemiştir. Yüreğini bir

başka yürekle mi değiştirdi nedir, bir başkası girmiş hayatına hazırda bekler gibi, ya da daha öncesinde mi, bilmiyorum. Gerek yok.

Önce canım yandı.

Sonra uzun zamandır uzaklaştığım kendime yaklaştım. Sarıldım canım kendime. Gerçekten hisseden, iki günde değişmeyen o biricik yüreğime sımsıkı sarıldım. Bir süre sadece kendime sarıldım.

İnandım sonra.

Bir güzel yürek vardı içimde bir yerlerde, gelip bulacaktı beni, yüreğime sarılacak, bırakmayacaktı.

İnandım.

Kazanmak için, bazılarını kaybetmem gerektiğini anladım.

Beni en çok anlatamamak yordu. Herkes bu kadar konuşurken kime, ne anlatabilirdim zaten? Herkes birbirinden gitgide uzaklaşırken, kimin yanına sokulup huzur bulabilirdim?

Bu sorulara en son "sen" diye cevap vermiştim.

Ben, yine bilememiştim...

Pandalar Uçabilir

Sadece düşünmek yetmez mi umutları beslemeye?

Ayrılıkların ardından bir süre kaçar insan. Etrafındakilerden, yaşadığı şehirden, kendinden...

Ben de kaçtım. Hazmedemediğim şeyler vardı, yerimde durarak toparlanamazdım. Aileme kaçtım, onlara sığındım. Hiçbir şey söylemedim, yaşadıklarımı anlatmadım yine.

Her zamanki gibi.

Duyarlı bir insan olduğum söylenemez. Herkes kadar duyarlıyımdır belki, zaten o kadarı da hiçe eşit. Herkes kadarsan hiç olmamışsın demektir. Herkes kadar duyarlıysan duyarlı değilsin demektir.

Ne diyordum, Hulki bey amca.

Henüz bir şey demedim gerçi.

Memlekete geldiğim ilk akşam. Anne yemeği, baba sohbeti, sonra dışarıya. Okuduğum ilkokulun bahçesine gitmeme tesadüf diyemezsiniz elbette, bundan uzun uzun bahsedecek değilim. İnsan en çok çocukluğuna kaçar büyüklerin dünyasında hapsolduğunda.

Ne zaman içimi acıtan bir şeyler olsa, örneğin kendimi dışlanmış hissetsem, ya da terk edilsem, öfkelensem olur olmaz şeylere, bir zamanlar içinde koşturduğum ilkokulun bahçesine gidip bir sigara yakar, karşımdaki denize bakar ve hemen akabinde içimde gün yüzü görmemiş küfürleri sıralarım. Her şeye. Hayatımdan çıkmış, hiç olmamış, hiç olmayacak her şeye. O manzara bana güzel zamanları hatırlatır çünkü ve ben güzel zamanları hatırlamaya tahammül edemem o anlarda. Zaten böyle zamanlarda oraya gitme sebebim de tam olarak budur. Anımsattıklarına tahammül edememek, kendimi iyice köşeye sıkıştırmak, kendi canımı yakmak ve ağız dolusu küfür edebilmek için.

Başkalarından önce sen sıkıştırırsan kendini köşelere, kendi canını sen yakarsan herkesten önce, öne geçemesen de en azından bir denge tutturabilirsin bu hayatta. Yoksa basit goller yemen kaçınılmazdır.

Okulun bahçesindeyim, sigara üstüne sigara yakıyorum, bir kutu da efesim var gazete kağıdına sarılı. Sadece bir kutu. İktidarlara ve trafik mevzuatına göre alkolizm sınırı. Halbuki devletler alkoliklerin vergisiyle ayakta durur. Komik.

Boş verelim bunu.

Dediğim gibi bir kutu sadece.

Sinirliyken fazla içmem, fazla içtiğimde daha da sinirlenirim. Böyle bir huy.

Ne diyordum, Duygu.

Yeterince dedim gerçi.

Gitti işte.

Giderken de başkası dedi, başka bir hayat dedi. Benimle yürümüyormuş.

İnsanlar bir şeylerin yürümesi için durmadan koşuyorlar. Ama nereye? Bilmiyorlar. Bu da tuhaf.

Hangisine kızacağımı bilemedim, yani öyle sağlı sollu girişince karşındaki sana, her şey süt liman bir haldeyken yüzünde beklemediğin bir tokat patlayınca sağlam bir sendeliyorsun haliyle. Boksta kroki miydi neydi, öyle tabir ettikleri bir vaziyet. Ne dediğini bilmiyorsun, aklına geldikçe daha da coşuyorsun, coştukça sersemliyorsun.

Tabi o esnada ben tüm bu içimden geçenleri sesli düşünüyorum, avazım çıktığı kadar dile getiriyorum içime oturanları, içimde oturup duranları bağıra bağıra kovmaya çalışıyorum içimden.

Ben bu kadar açık ve galiz küfürler eşliğinde kovmaya çalışırken içimdekileri, arka sokaktaki daracık asfalt yolun kenarında tekerlekli sandalyesiyle sigara içmek için dışarı çıkan, ilkokulumun hemen arkasındaki huzur evi sakinlerinden Hulki bey amca, benim feryat figanlarıma kayıtsız kalamayıp direksiyonu da bana doğru kırmış geldi elektrikli ve de tekerlekli sandalyesiyle. Pahalı bir alet, ona sahip olamayanlar var. Gerçi sahip olanlar da ilerleyecek yol bulamıyor, şehirlerin kaldırımları herkese dar geliyor. Bu hayat herkese bir şekilde dar geliyor.

Neyse.

"Ne içerdim bu mereti bir zamanlar" dedi,

"E şimdi de içiyorsun amca" dedim.

"Birayı diyorum evladım. Ver bi fırt."

"Buyrun."

"Oğlum ne bağırıyorsun lan sen sabahtan beri, eşşek sıpası, bir sigara keyfi yaptırmadın. Bu okula da bir bekçi dikmediler gitti, ipini koparan burda."

"Amca kusura bakma, canım sıkkın benim. Biraz yanlış yaptılar bana."

İşte bu tip diyalogların ardından Hulki bey amca sağ olsun biraz beynimi ütüledi. Ütüledi diyorum çünkü o an kainatın sırrını veriyor da olsa onu çekecek, söylediklerine kulak kesilecek bir ruh halinde değildim. Ama yine de, ardı arkası kesilmeyen cümlelerin içinden çıkıp kulağıma değen bazı kelimeler bir süre sonra Hulki bey amcanın cümlelerine doğru çekmeyi başardı beni, içimde bir yerlere dokunan, göğüs kafesimden sızıp ince ince, yüreğime işleyen bir şeyler anlatıyordu Hulki amca, bir süre sonra fark ettim bunu. Kendimi unutup onun anlattıklarının içinde kayboldum kısa bir süreliğine de olsa.

Kaybolmak. Ne büyülü bir kelime.

Peş peşe sigara yakıp durduk birlikte. Bir zamanlar sevdiği ve fakat toplumsal bazı sebeplerden ötürü asla bir araya gelemediği insanın bir ömrü tek başına geçirmeyi tercih ettiğinden bahsetti.

"Ulan ben evlendim de ne oldu. Karım öldü, çocuklar

da bıraktılar buraya, ayda yılda bir uğrarlar işte. Ama o tek başına yaşadı, tek başına özledi, tek başına öldü."

"Başın sağ olsun Hulki bey amca."

"Sağ ol evlat. Farklı hayatlar da yaşasa, ölümde aynılaşıyor insan. Bütün eşitsizlikler bir gün sona eriyor mutlaka, uzaklar yakın oluyor. Kavuşuruz elbet. Bir gün daha güzel bir yerde buluşuruz elbet."

"Ben gelirim senin yanına Hulki bey amca. Ziyarete yani"

"Sigarasız gelme, buradan çıkıp almak sorun oluyor."

O günden sonra hayatımda ilk ve son kez düzenli olarak bir huzurevini ziyaret etme düşüncesiyle dolup taştım. En azından memlekete geldiğim zamanlarda mutlaka uğramalıydım Hulki bey amcaya. Samimiyetsiz okul projeleri, dernek aktiviteleri ve saire için değil. Baya baya içimden gelerek, ona sigara yetiştirmek, ilk nefesi içine çektiğinde kısılan gözlerini ve o gözlerin kenarında uçuruma dönüşen kaz ayaklarını görmek için.

Çizgiler. Yüzümüzde beliren çizgiler, hayatımızla, geçmişimizle aramıza çizilen bir sınır belki de. Gitgide derinleşen, uçuruma dönüşen ve oraya bir daha dönülemeyeceğini suratımıza haykıran sınırlardır belki de yüzlerde beliren çizgiler.

Bir süre sonra şehir dışına çıkacaktım ve kim bilir bir daha ne zaman gelecektim buraya. Geldiğimde de büyük ihtimalle bir daha gitmeyecektim Hulki bey amcaya. Çok istesem de yapmayacaktım bunu.

Bir dahaki gelişimde ölmüş olacaktı belki de. Ölmese

bile bir gün ölecekti ve ben acı çekecektim yine.

Bir süre görüşmemek aramızdaki bağı bir nebze de olsun kopartırdı ve ben bu fırsatı değerlendirmek zorundaydım. Çünkü bugüne kadar biriyle ya da bir şeyle kurduğum her bağ sonunda benden bir şeyler kopartmıştı.

Savunma mekanizması.

Bu saatten sonra huzurevine de ikamet edeceğim zaman giderdim ancak.

...

Yüreğimde ne var ne yok tüketip bir gece vakti

çekip gittiler.

Hesabı istemediler.

Ben de soramadım.

Kalmadı anlayacağın.

Duygu kalmadı benim yüreğimde...

...

Her şey her zamanki sıradanlığı ve güzelliğiyle devam ediyordu evimizde. Annem ve babamın tatlı didişmeleri, kaçamak bakışları, muzip gülüşleri, mahcup halleri. Özenle hazırlanmış meyve tabakları, sehpanın ortasını mesken tutmuş, evin en değerli eşyası çaydanlık, her akşam izlenen dizilerin en heyecanlı anları...

Her şey, her zamanki gibiydi. Burada bulunacağım kısa süre içerisinde buna ayak uydurmak zorundaydım. Kendi bunalımlarımla kesintiye uğratamazdım bu kendi halinde yaşantıyı. Buna hakkım yoktu. Hayat zaten yeterince sürpriz yapıyordu hepimize. Zor günler geçirmiştik ve anne ve babamın hayatındaki bu olağanlık, bu sıradanlık ne kadar devam ederse o kadar mutlu olacaktım.

Öylece izledim onları. Güzelliklerini izledim, iyiliklerini izledim. Mutluydum.

Birdenbire geçmişin karanlık odalarından sıyrılıp koşarak gelip yüreğime çarpan bir anıyla irkildim bir akşam.

Bir evin camını kırdım diye kalbimi kırmış, paramparça etmişti bir kadın. Annem ve babam terbiye verememiş falan, epeyce sallamıştı.

Bazı şeyler sen büyüdükçe daha büyük anlamlar kazanır. Bazı yaralar kanamak için uygun zamanı kollar. En derininde hissedeceğin, anlayacağın ve en çok acıyacağın günü bekler ve o zaman hatırlatır kendini.

Bahsettiği ama sahip olamadığı terbiyeyi çoktan almıştım galiba, çünkü hiç karşılık vermemiştim çocuk halimle bile. Sözlerini bitirene kadar da kaçmamış, hepsini dinledikten sonra arkamı dönüp sessizce uzaklaşmış, bir duvar dibine yığılmıştım. Canım yanmıştı. Annem ve babam laf söylenecek insanlar değillerdi ve benim yüzümden onlara gelen laflar ağrıma gitmişti. Halbuki biz top oynuyorduk sadece ve ben kabiliyet yoksunu bir şut çekmiştim. Bütün konu bundan ibaretti. Şimdi düşününce ben o kadını affedebileceğimi sanmıyorum asla. Zaman unutturur, zaman değiştirir, zaman iyileştirir belki. En olmaz sandığın şeyler olur, bunu bilemezsin. Affetmek belki insanın haddine de değildir. Ama ben o kadını asla affedemem. Etmek istesem de edemem.

Çünkü en olmadık zamanlarda ortaya çıkan ve acısı benliğimde daha da belirginleşen izlerden biridir bende o kadın.

O kadın benim duvar dibine çömelmiş, alnını dizlerine yaslayıp gizli gizli ağlayan halimdir.

O gece babam mal almak üzere şehir dışına çıkacaktı. Anneme sorarsanız yaptığı çok da matah bir iş değildi. Bu devirde kim bu ucuz oyuncaklara yüz verirdi? Yıllardır aynı şeyde ısrar etmenin ne anlamı vardı? Emekli maaşı yetmiyor muydu? Ne gerek vardı? Bari şu pahalı oyuncaklardan satsaydı. Annem paraya çok da değer verdiğinden değil, babamın verdiği emeğe değsin diye söylenip duruyordu bu konuda. Hele ki hastalıktan sonra, üç kuruş için git mal al, arabayı yükle, sonra köy bucak gez dolaş ki o ucuz, plastik oyuncakları satasın.

Haklıydı annem. Ama babam da haklıydı. Mesele kazanacağı üç kuruş değildi elbette. Hayat devam ediyordu.

Ve hayat devam ettikçe mücadele de devam edecekti.

Babam devam etmek zorundaydı, başka türlü yaşayamazdı.

İşçi bir babanın tek oğlu olan babam, bu hayat denen baltada kimilerine göre bir sap olamamışların sınıfına girer. Benim için öyle değildi.

Gecesini gündüzüne katıyordu, bunu görebiliyordum. Bana ayırdığı vakitlerin darlığından anlıyordum bunu en azından, evden çıkacağı zaman ayaklarına yapışmamdan, başımı göğsüne bastırıp, "hemen geleceğim oğlum, şu oyuncakları satıp geleceğim hemen. Sana da yeni oyuncaklar getireceğim, parka da gideceğiz" demelerinden anlıyordum. İçi acırdı giderken.

Bir yerlerden giden herkesin içinde bir yer acır mutlaka.

Çocukluğumdan beri hiç değişmemiş odama geçtim uzanıp kitap okumak için. Gözüm, eski kitaplığımın en üst rafında yıllardır öylece duran albümlere ilişti. Çocukluk arkadaşlarım, yüzümdeki masumiyet, gözlerimdeki haylazlık. Ne kadar uzak şimdi bana kendi yaşadıklarım...

Eylül....

Sararmış bir fotoğrafta, yine ne yaptıysam bana kızgınlıkla ama gizleyemediği bir hayranlıkla bakan Eylül. Bense başka bir yere bakıyorum o esnada. Her zaman yaptığım gibi.

Aslında değerli olanı görmemekte, ona bakmamakta çok ustayımdır. Sanırım çocukluğumdan beri hiç değişmemiş bu huy.

Başka bir fotoğrafta annemin kucağında uyuyakalmışım, üç ya da dört yaşlarında olmalıyım. Hayat daha ilişmemiş bana, üstüme hiç gelmemiş. Hayatın bana zaman tanıdığı, avans verdiği zamanlar. Şimdiyse kaç farkla yenik durumda olduğumu bile hesaplayamıyorum.

Albüme daha fazla bakamıyorum. Bazı şeyler olduğu yerde kalmalı. Uzanıp kitap okuyarak sızmayı planladığım esnada babam giriyor odama.

"Uyumadın mı sen hala?

"Yok baba, albüme baktım biraz, kitap okuyup uyuyacağım. Yola ne zaman çıkacaksın?"

"Birazdan çıkarım."

"Baba çok yormuyor musun kendini?"

"Yok oğlum, asıl durunca yorulurum."

Babamdan uzun cümleler duymaya alışık değilim. Kısa ve öz konuşmayı seven bir adamdır, içinde çok şey biriktirir, çok şey gizler babam. Ama o akşam nedendir bilinmez, farklı bakıyordu yüzüme, uzun uzun konuşmak ister gibi bir hali vardı. Az önce sarf ettiği kısa ve özlü cümlenin ardından bir müddet sustuk ikimiz de. Doya doya izledim babamı, yüzündeki kırışıklıklara, gözünün kenarındaki kaz ayaklarına dikkat ettim belki de hayatımda ilk kez. Ve çok sevdim. O kırışıklar, o çizgiler boyu ilerleyen bir hayatın tam ortasında olduğum gerçeği, babamın yüzündeki çizgilerde benim de yer aldığım düşüncesi müthiş bir haz verdi bana. Başkası olsa üzülür, "ulan adam yaşlanmış, bizim uğrumuzda bir ömür feda etmiş" diye düşünüp üzülür. Başkasında görünce uçurum derim. Geçmişle bugün arasındaki o nefes kesen uçurum. Babamın yüzündeki çizgilere sevindim. Saçmaydı belki ama ben o akşam çok başka bir anlam yükledim babamın yüzündeki çizgilere.

İnsan insanı sadece yüreğinde değil, yüzünde de taşıyordu ve bu muhteşem bir duyguydu.

"Bak oğlum. Sana bugüne kadar öğrettiğimiz, senden yapmanı istediğimiz, düşünmeni, hissetmeni istediğimiz ne varsa unut. Senden beklediğimiz ne varsa başkalarından öğrendik biz. Gerçekliğini sınamaktan korktuğumuz meçhul doğruları ezberlettik sana. Başkalarının çizdiği yollarda yürüdüğümüz yetmezmiş gibi seni de aynı yola çektik.

Seni bütün dünyaya benzettik.

Düğmesine kimin bastığını bilmediğimiz bir çarkın dişlisi yapıverdik seni de. Birlikte ezerken yaşamın inceliklerini, gözle görülmeyen kabalıkların altında birlikte ezildik. Unut bunları. Sana yaptığımız kötülükleri unut." dedikten sonra beyaz, büyükçe bir çantanın içinden üzgün suratlı, oyuncak bir panda çıkarıp bana uzattı babam. Gülümsüyordu. Koca koca adamlar birbirlerine panda hediye ediyorlardı, birazdan odadan içeri bir palyaçonun girip üzerimize atlaması, orada bir sevgi çemberi oluşturmamız an meselesiydi sanki. Yani böyle bir şey olsa şaşırmazdım, öylesi absürt bir manzara.

"Biliyor musun, pandalar uçabilir aslında. Neslinin tükendiğini sanıyor bütün dünya, pandaların nesli tükenmesin diye onları koruma altına alan, bunun için adeta seferber olmuş insanlar var.

İnsanlık adına umut verici. İyi insanların, masum insanların nesli tükenirken, onlar her gün birilerinin hesapları uğruna can verirken kılını kıpırdatmayan insanlık için yine de umut verici bir başlangıç. Dua edelim, korunma sırası pandalardan sonra, iyi insanlara da gelsin.

Her neyse.

Yine de yıllardır uğraşsalar da bu konuda tatmin edici bir sonuç alabilmiş değiller. ben kendimi bildim bileli pandaların nesli tehlike altında. Yine de çabalamak iyi bir şeydir. Çabalamak umudun ta kendisidir oğlum."

Babam için endişelenmeye başlıyordum.

"Sonra düşündüm" diye devam etti babam. "Gerçekten böyle miydi? Başka türlü bir açıklaması olamaz mıydı bunun? Beni hüzünlendiren bu durum, bütün dünyanın gerçekliğinden en ufak bir şüphe bile duymadığı, kesinkes inandığı bu durumun başka türlü bir açıklaması olamaz mıydı? Ya pandalar uçabiliyorsa diye sordum sonra kendime. Uçabiliyorlarsa ve her şeyden bıkmış, bezmiş, usanmış bir halde, her gece, herkes uyurken, sessizce ve de bu görkemli terk edişi belli etmemek için gruplar halinde uçarak uzaklaşıyorlarsa bu dünyadan? Bütün kavgalardan, gürültülerden, acılardan ve kötülüklerden uzak bir yere doğru, bütün bunlardan arta kalan bir avuç iyilikten uzaklaşmanın o iç sızlatan burukluğuyla da olsa, gitmeye mecbur kalmışlarsa ve bize hissettirmeden gidiyorlarsa? Terk edildiler diye kırmamak için, incitmemek için geride kalanları, bizleri yani, ölmüş süsü veriyorlarsa kendilerine? Olamaz mı sence? Haydi olamaz diyelim. Yine de bu düşünce daha umutlu bir düşünce değil mi en azından? Pandaların uçabildiği bir dünyayı düşünsene?

Sadece düşünmek yetmez mi umutları beslemeye?"

Okuldan mezun olup, hayata atıldığım zamanlardı. Umutlarım vardı. Zor zamanlar yaşamıştım ama güzel günlere dair çok fazla umut ışığı vardı önümde. Zorluklar geliyor ve geçip gidiyorlardı. Karanlığa kapılmamak, umutlara asılıp ayakta kalmak yeterliydi.

Durmadan birilerine aşık olduğumu sanıyordum, aldanıyordum ama akıllanmıyordum. Hep başka maceralara atılıp yüreğimi tüketiyordum. Yıllardır böyleydi bu.

Aslında ben uzun yıllardır sadece bir kıza aşıktım galiba, aşk hayatımdaki hüsranların da sebebi buydu. Eylül. Sanırım o da bana aşıktı ama aşkın yakınlığı kadar uzaktık birbirimize. Uzaktan izliyorduk birbirimizi, görmeden izliyorduk, dokunmuyorduk ama hissediyorduk, görmüyorduk ama biliyorduk. Vardık. Varlığımızdan haberdardık.

Güzeldi yani. Hayat birileri için çok acımasızken, bizim için en azından biraz daha insaflıydı. Fena değildi, idare ederdi, iyi kötü bir şeyler bir şekilde yoldan çıksa da yola girebiliyordu. Büyük acıların kenarından sıyırıyor, geçinip gidiyorduk işte.

...

İnsanlar doğar, büyür ve ölürler.

Ama yaşamazlar.

Ezberlediğimiz bu cümlenin içerisine yaşamak fiilini de ekleselerdi keşke.

O zaman belki ölmeden önce, en azından bir kere

"yaşadım"

diyebilirdim...

...

Ve kıyıya vurdu hayallerimiz

Ben ölmekten korkuyorum, yaşarken ölmekten...

Sahile oyuncaklar vurmuştu. Rüzgar suyun üstünde salınırken oluşan pütürlü şekillerin ortasında oyuncak ayılar, plastik arabalar, trenler ve uçaklar huzurla kıpırdanıyordu. Huzur belki de sadece nesnelere özgü, sadece onlarda bulunan bir duyguydu. İnsana ait olamazdı. İnsan bunu bilmeden, onu, huzuru arayarak ve asla bulamayarak yaşıyor ve sonunda ölüyordu.

Babam gibi.

Bir gece önce mal almak üzere yola çıkmadan önce bana bu cümleleri kuran babamın aracıyla bir viyadükten uçup öldüğü haberini aldım ertesi gün. Bedenini göremeyecektim bir daha, sesini duyamayacaktım, omuzlarına çıkıp maç izleyemeyecek, bir daha kız tavlası oynayamayacaktım. Benim için topraktan ibaret olacaktı artık.

Ben bir daha bu acının yanına, kolay kolay başka acı koyamayacaktım.

Babamın bana söylediklerini ve bu hayatta yaptıklarını anlamlandıracak bir halde değildim henüz.

Toprağın yerine gökyüzünü koyacak kadar değildim.

O gittikten sonra, daha dünyanın gri bir yer olduğunu bile fark edemeden, zifiri kararacaktı benim dünyam. Hayatımın bundan sonraki döneminde ben ya bu karanlığı yırtacaktım, ya da bu karanlık beni yutacaktı...

...

Öldü.

Hepi topu dört harf ne kadar da kolay titretiyor bedenimi. Babamın ölümünü saymıyorum. Dört harfli bir kelimeyle tarifi mümkün olmayan bir acı o, bedenin titremesiyle, benliğin ürpermesiyle tarif edemem onu. Yine de o kelimeyi duyduğum anda boynumdan kuyruk sokumuma süzülen o soğuk damla, ölümün kol gezdiği bir dünyada hala yaşadığımın, hala hissedebildiğimin habercisi bir bakıma.

Beyninden vurulduğunda ne hisseder bir insan diye düşünüyorsun, tam da o an ne hisseder? Bunu bilmek imkansız gibi geliyor önce, biraz daha düşününce "daha acı ne olabilir?" diye soruyorsun kendine. Beyninden vurulsan mesela, göğsüne bir şarapnel parçası isabet etse, sokakta pantolonunu çekerek koştururken vurulan, öylece yere yığılan bir çocuğun burnunu bile silemeden, bir duvar dibinde ölümüne tanıklık eden annesinden daha mı çok yanardı canın? Ne kadar karmaşık cümleler değil mi bunlar yaşananların basitliği karşısında? Ölümün sıradanlaşmış hali nasıl da eriyip gidiyor ruhun karmaşasında.

Yaşananların basitliği evet, kurulan cümlelerin, hissedilen ve fakat unutulmaktan kaçamayan duyguların basitliğinden söz ediyorum. Ne kadar çok acıya ve ne kadar çok suça ortak oluyoruz her geçen gün.

Ölen her masum insan bizim masumiyetimizden de koparıp götürüyor gittiği yere. Masumlar azalırken katlanarak çoğalıyor günahkar ruhlar. Masumiyetin azaldığı bir dünyada ölümü kanıksamaktan daha doğal ne olabilir? Kanıksamaktan ve her seferinde onaylamaktan. Susarak onaylamaktan.

Korkuyorum.

Sırtımdaki soğuk damlaların kurumasından korkuyorum. Artık hissedememekten, duyamamaktan, görememekten korkuyorum.

Ölüme karşı hissizleşen bir insan ölmüş demektir.

Ben ölmekten korkuyorum, yaşarken ölmekten...

Ne çok özledim seni. Özlemlerim içimde, ne çok büyüttüm seni...

Baba...

Ben daha çok tanımak isterdim seni. Senden daha çok şey öğrenmek, seninle daha fazla anı paylaşmak isterdim. Bu kadar erken gitmemeliydin. Gerçi, "geç" dedikleri şey ne zamandır, onu da bilmiyorum. Bir insan ne zaman geç kalır sevdiklerine? Sevdiklerin söz konusu olduğunda her terk ediş erken değil midir zaten?

Öyledir.

Sevdiklerin erkenden gider ve sen artık hiçbir şeye yetişemezsin.

Hayatın gerisinde, yaraların pençesindesin şimdi. Kimsenin artık seni anlayamayacağı yerdesin. Anlasalar da fark eden bir şey olamayacak, sen hep böyle hissedeceksin. Acının şiddeti, bugüne kadar hiç hissetmediğin denli güçlü, tanımlayamadığın kadar karmaşık, her anını zehir edecek kadar pervasız. Aman vermiyor, göz açtırmıyor, yapışmış gırtlağına nefes aldırmıyor.

Ne olacak peki? Tahammül sınırlarında, yüreğinden sakatlanmış bir halde devam mı edeceksin bu oyunu oynamaya? Doğar doğmaz büründüğün rollerin altından kalkabilecek misin?

Zor.

Ama kalkacaksın.

Hayat denen oyunda oyuncu değişikliği yok. Ya kendi rolünü sonuna kadar oynayacaksın, ya da kendine ve inandığın her şeye, bu dünyaya katabileceğin her şeye son vereceksin. Bütün insanlıktan bir umut da sen çalacaksın giderek.

Bu yüzden, gidemezsin.

Hikayelerin küçük rolleri vardır bilirsin. Küçük kahramanlar. Küçük, önemsiz.

Şöyle bir görünmelerine izin verilen, sonra da bir şekilde yol verilen. Alışık olduğumuz roller anlayacağın.

O kısacık rollere, upuzun yollar boyu anlamlar yükledik her seferinde. İnanmakla ilgili sanırım. Yıkımlardan umut çıkarmakla ilgili. Hep umut etmekle ilgili. Ne çektiysek ondan çektik zaten. Umuttan.

Yine de, belki bir yerlerde hala geç kalmadığımız bir hikaye kalmıştır başlamak için bizi bekleyen. Neden olmasın? Yaşamaya katlanmamız sırf bu yüzdendir belki de. İnanmaktan vazgeçmediğimiz içindir.

"Vazgeçme sen de" derdin sen olsan, "vazgeçme..."

Baba...

Ne çok özledim seni.

Özlemlerim içimde,

ne çok büyüttüm seni...

Ben

bana yaşadığımı hissettiren birini kaybettim.

Bana yaşamaktan söz etmeyin.

Beklediklerim gelmese de olur artık.

Kızdığım şeyler her gün yüzüme çarpsa,

hayallerim un ufak olsa,

inandığım herkes yıkımım olsa da olur.

Ben

bana

kaybetsem de yıkılmayacağımı haykıran birini kaybettim.

Artık

yıkılsam da olur.

...

Ben sende neyim?

Ben bir düşe çok fazla sarıldım, o düş beni acıtıyor artık...

Babamın cenazesinde uzakta, kalabalığın dışında bir yerde gördüm sadece bir sefer. Sonra yok oldu. Ya da herkes yok olmuştu, gözüm kimseyi görmüyordu. Eylül yine vardı işte. Hastane kapılarında, cenazelerde, ben nerede bir dara düşsem oradaydı işte, varım diyordu, gör artık diyordu. Ben görmüyordum.

Belli bir noktadan sonra insanların sabrı kalmaz. Herkesin kendi yolunu çizmeye hakkı vardır, bir şey diyemezsin.

Cenazeden bir kaç gün sonra bize geldi Eylül, annemin elini öpmeye. Biraz oturduktan sonra müsaade isteyip kalktı, ben de kalktım onunla beraber. Mahalleden sahile doğru inen yol boyunca sessizce yürüdük. Konuşulması gereken şeyler vardı, artık açığa çıkması gereken şeyler. Başlaması ya da bitmesi gereken şeyler vardı. Biliyordum. Hazır değildim yine. İyi değildim.

Bazı insanlara derin bir sevgi beslersiniz. Mesafeler, kırgınlıklar, incelik yoksunu anlar ya da umursamazlıklar. Bunların hiçbiri yanaşamaz kıyısına öylesi bir sevginin.

O sevgi her şeyden bağımsız, öylece saklı durur en derininizde. Her koşulda dimdik ayaktadır.

Eylül. Çocukluk arkadaşım, yıllardır en çok kırdığım, en çok uğraştığım ve en çok sevdiğim kadın. En yakın arkadaşım, en uzak ihtimalim, canını en çok yaktığım.

Seni tarif etmeye kalkmadım ben hiç, kelimelerin kifayetsizliğinden ürktüm, sana yetememek korkusuyla sana olan cümlelerin üzerini örttüm.

Hep oradaydın nasıl olsa.

Hem içimde hem dışımda.

Ne zaman ihtiyaç duysam oradaydın. Bir yere gidemezdin buna inanmıştım.

Zaten insanın en büyük yanılgısı, en büyük acılarının kaynağı da bu değil mi? Hep var olacağına inanıp, önemsemeyip gözden kaçırdıklarının, bir gün gerçekten çekip gitmiş olduğunu fark etmek. O anın pişmanlığını, yüreğine çöken ağırlığını ölçemez hiç bir şey.

İnsanlığın ortak yara birimidir aşk, diyordu şair. Lakin aşkın açtığı yaranın acısını ölçecek bir birim icat edilmedi henüz.

İlk kez lise yıllarımızda sezmiştim senin de gidebileceğini. Korkmuştum. Serserilik yapmaktan fırsat bulup da bana olan sevgini fark edemediğim, içimde olan karşılığını sana sunamadığım zamanlardı. Hep böyle oldu ya zaten. İçimde sen varken ve ben bunu bilemezken, sana adım atmazken başka arayışlara koşmalarım, yanılışlarım, yaralanışlarım... Baştan sona saçma sapan bir hayat.

Başka birine aşıktım yine o zamanlar. Körkütük aşıktım. Gitmez sanmıştım. Hayatıma gelen kimse gitmez sanırım. Bunu çok güzel yaparım.

Harbiden çok sevmiştim. İlk gençlik yılları. Öyle böyle değil. Bütün hücrelerimin vücudumun içinde oradan oraya koşturduğunu, yenilendiğini hissediyordum. Tabi o yaşlarda böyle betimlemeler yapamıyordum, bunu şu an düşününce hissettim. Gaza gelip koluma kibritle isminin baş harfini kazımıştım ki bu çok gereksiz bir psikopatik eğilimdi. Babam gördüğünde tepki vermemişti. Tepki verseydi belki o eğilimi tetikleyebilirdi. Zaten babam çok kral adamdı. Lise 1'de hayatımın ilk ve son zayıfını getirdiğimde de bir şey dememişti. İlk dönemdi, "telafisi var nasılsa, sıkma canını" demişti. Üniversiteyi bitirene kadar tek bir zayıfım bile olmadı bir daha. Yöntemi çizmişti babam. Telafisi olan şeylere fazla takılma, takılmazsan halledersin. Dedim ya, kral adamdı.

Hayatımın ilerleyen dönemlerinde de bu tarz abartılı hareketlere bulaşmadım hiç bir kadın için. En fazla içip içip ağlamışımdır ya da ona buna sataşıp, dayağımı yiyip oturmuşumdur efendi gibi.

Sevmediğim için mi? Tüm hücrelerimle sevdim hep, içim eriyerek, büyük bir adanmışlıkla sevdim. Duygusal bir adamım çünkü, elimde değil. Lakin aşkı uğruna ilk kez canımı yaktığım o kız bir hafta sonra beni terk edip pastanecinin oğluyla çıkmaya başladı. Aynı hafta halamı kaybetmiştim. Daha çok gençti. Gitmemeliydi. Bu dünyanın adaletini sorguladığım bir dönemde ve saç telime kadar aşıkken bir de pastanecinin oğlu çıkmıştı başıma. Hayat yaşıma göre son derece büyük bir darbe planlamıştı. Sanırım hayatımın o döneminde bilinçaltıma bir şey oldu. Bir şey girdi oraya, gizlendi ve hala da orada. "Ne kadar çok seversen o kadar çok öpülürsün" çağrışımlı bir mesaj yollanmış olabilir bilinçaltıma mesela, "çektiğin acının bir boy büyüğü hep vardır" gibi bir mesaj da olabilir aynı zamanda. Ben o zamandan bu zamana yediğim her darbede çok fazla sendelemeden kalkıp yoluma devam ettim hep. Her acı, acı eşiğimi yükseltti.

Bazıları zirvede bitirir, ben zirvede başlamıştım.

Hayatı ve aşkı yeni tanımaya başladığım bir zamanda, ölümü ve ihaneti aynı anda yaşamıştım.

Sevmekten vazgeçtim, aşka olan inancımı yitirdim, kaçtım, kendime gömüldüm falan demiyorum. Ama sanırım olacakları biliyormuşçasına, çok önceden öğrenmişçesine hazırlıklıydım ilişkilerin bitişine. Hayat bitiyor çünkü, ilişkiler zaten biter.

Benden gidenler de büyük ihtimal şaşırmışlardır bu kadar kolay toparlanmama. Ama işte o sevginin düzeyiyle falan alakalı değil bu.

Daha çocuk yaşta öğrenmiştim sevdiklerimin bir gün gideceğini.

Mevzu bundan ibaret.

Bunları yaşarken senin farkında değildim elbette Eylül, dedim ya, sen hep oradaydın nasılsa. Ama terk edilince gözleri de açılıyor insanın. O zamana kadar hiç dikkatimi çekmeyen bir şeyi fark etmiştim.

Bir çocukla sohbet ediyordun sürekli. Hemen hemen her teneffüs onunla birlikteydin. İçerliyordum buna. Yaşadıklarımın üzerine bir de senin beni terk etme ihtimalin canımı yakıyordu. Daha da açılmıştı aramızdaki mesafe. Sonra da okul bitti zaten. Uzun süre haber almadım senden, unuttum. Alakasız bir şeyle aklıma gelen ve çabucak giden, silinen bir anı haline geldin zamanla.

Yıllar sonra öğrendim lisedeki o çocukla aranızda bir şey olmadığını ve o çocuğa aslında hep beni anlattığını. Bir barda her zamanki gibi dibe vurduğum akşamlardan birinde yanıma gelmişti. Tanımıştı beni, seni sormuştu. Senin bana olan duygularını ona o zamanlar nasıl bir coşkuyla anlattığından bahsetti uzun uzun. Kendi yalnızlığından bahsetti sonra, lise yıllarımızda nasıl dışlandığından, herkes gibi olmadığı için nasıl yok sayıldığından, kendisine nasıl vebalıymış gibi davranıldığından, bu toplumda çocukluktan bugüne süregelen ömürlük yalnızlığından bahsetti açık yüreklilikle. O zaman anladım ona gösterdiğin yakınlığın nedenini.

Sen hiç değişmedin Eylül. Hep dosdoğru sevdin sen. Karşılık beklemeden sevdin. Sadece beni değil, bu dünyada karşına çıkan, ötelenen, itelenen kim varsa, ne varsa sevdin. Bütün dünyanın sırt çevirdiklerine, sen hiç sırt çevirmedin. Herkes gibi olmayana tahammül edemeyen fillerin ezdiği çimenleri o kırılgan ellerinle okşadın sen.

Sen insandın Eylül, insanlıktan çıktığım zamanlarda bana insanlığı sen öğrettin.

Ben şimdi boşa geçen zamanın diyetini ödüyorum sadece. Yalnızlığın anlamı bu benim için. Hak ettiğim bir diyeti, başınla dolması gerekirken, yıllarca bomboş kalmış boynumun borcunu ödüyorum ben.

İçimden bunlar geçerken çoktan sahile gelmiştik. Çay söylemiştik ve öylece denizi seyretmekteydik.

Sonra birdenbire "Ben sende neyim?" diye sordu Eylül, başı önde gözlerini gözlerime sabitleyerek. Bazı kaçınılmaz sorular vardır cevapları bilinmesi gereken. "Böyle bir zamanda böyle bir soru sorarak bencillik etmek istemem Mehmet, ama gerçekten bilmek istiyorum. Neyim ben sende? Neredeyim? Var mıyım, yok muyum, neyim ben? Kalmalı mıyım olduğum yerde, yoksa bu belirsizliğe son verip gitmeli miyim? Bilmiyorum ben artık, bu sorular beni çok yoruyor, kaçmak uzaklaşmak istiyorum sana dair tüm sorulardan."

"Sol yanımda bahar bahçe, gözlerimde uçsuz bucaksız gökyüzü maviliği, burnumda huzurlu bir bahar esintisi, sönmeyen bir yangın tenimde..." dedim.

Gülümsedi, yanakları kızardı.

"Sen içimde dolmaz sandığım boşluktan rüzgar bile sızdırmayan kocaman bir yüreksin Eylül. Bizi her şeyin bir sonu olduğuna inandırdıkları bu hayatta, sen benim sonsuzluğa olan inancımsın. Sen bende sonsuza kadar varsın, olacaksın. İçimden başka yere gitme. Yakında olduğunu bilmeye ihtiyacım var. Etrafımdaki insanların bende var olduğunu sandıkları o gücü senden alıyorum ben. Sen bende çok başka bir yerdesin Eylül. Gitme benden. Gitmen için bir sebep yok. Gitmek gidenleri geri getirmeyecek hiç birimize. Gitmek sadece gitmektir Eylül. Giderek birilerini eksiltirsin sadece. Birilerini eksilttiğinde kendin de eksilirsin. Gitme. Kendini de, beni de eksiltme"

"Kalmak neden peki? Kalmam için bir sebep göster bana Mehmet. Kalmakla elime ne geçtiğini göster bugüne kadar. Biz diyebilecek misin? Bizim için kal diyebilecek misin? Benim sende ne olduğumdan bahsediyorsun, ne kadar değer verdiğinden, sende ne kadar büyük olduğumdan. Peki neye yarıyor bu Mehmet? Biz hep arkadaş kalalım diyen sen değil miydin? En zor zamanlarında yanında olduğumda, beni herkesten önce iten sen değil miydin? En çok değeri hep başkalarına vermedin mi sen? Bütün bu söylediklerin, beni daha fazla acıtmamak için söylediğin basit cümlelerden ibaret şimdi benim için. Evet, ne kadar samimi olduğunu biliyorum, neler yaşadığını da biliyorum. Ben seni yeterince tanıyorum. Bu hayatın yalan olduğuna inanman için, yaşadıklarının gerçekliğini, sahip olduklarının önemini sorgulaman için yeterince sebebin var biliyorum. Ama ben bir düşe çok fazla sarıldım, o düş beni acıtıyor artık, anlıyor musun? "

"Mesele aramızdaki şeyin bir isminin olmaması değil mi?" diye böldüm. "Kendimi sana adayamamam, birlikte bir hayat kuralım diyememem, herkes gibi olamamam mesele, değil mi?"

"Hayır mesele o değil Mehmet. Senin inancın yok. Çoğu insana kıyasla çok şeye sahipsin ve hala mutlu değilsin. Hiç bir şeyle kıyaslanamayacak bir acı yaşıyorsun, tarifsiz bir kayıp bu. Tanıyorum ve en derinimde hissedebiliyorum o duyguyu. Ama çok daha öncelerden var olan bir gerçeğin var senin. Mutlu olabileceğine inanmıyorsun. Bunu reddediyorsun. İnancını çalmışlar senin."

"Haklısın" dedim, "çaldılar. Zerresini bile bırakmadılar sağ olsunlar. Ben var ya... Neyse. Ağızlarında çiğneyip avuçlarıma bıraktılar inandıklarımın posasını. Yine de ben bir keresinde babamın söylediklerini aklımdan hiç çıkarmamayı tercih ederdim. Her şeye rağmen inandıklarıma sarılmayı, kırık dökük, yaralı da olsalar onların elini bırakmamayı tercih ederdim. Başka gerçeklerin olduğuna inanmak isterdim. Olmadı. Bir noktadan sonra yitirdim ben onları. Oldukları yerde yüz üstü bırakıp başka bir insan olmayı seçtim. Mutlu muyum? Değilim. Mutlu olmak gibi bir derdim de olmadığı için, bunu da pek sorun yaptığım söylenemez. Haklısın. Babam kadar haklısın."

"Ne söylemişti baban?"

"Pandalar uçabilir demişti. Uzun hikaye. Boş ver..."

....

Her vazgeçişe bir iç çekiş değdi.
Her vazgeçişe bir parçamız ilişti.
Şimdi ne hale geldik bilmiyorum,
ama eksiğiz işte.

Kömürleşmiş ciğerlere kesik
kesik çekilen sigara dumanının
tamamlayamayacağı kadar,
eksildikçe daha da kendinden
verecek kadar eksiğiz.

Gitti...

Gitmek en çok korkaklara yakışır. Bize öğretilen bu oldu. Kalmak, savaşmak, mücadele etmek... Bu eylemlerle yaşayanlar yüceltilirken, gidenler yerin dibine sokuldu hep.

Oysa gitmek, göğsünü dikenli bir yalnızlığa vura vura gitmek, cesaret işidir. Cesaretle ilgisi yoksa da çok büyük bir acıyla ilgisi vardır. Ve dibine kadar yalnızlığa, boğazına kadar acıya batmış birinin korkak olduğunu söyleyemezsiniz. Korkak, bu duygulardan uzak kalabilendir. Hayatını, aşklarını, öfkelerini bilinçli bir unutkanlık haliyle yaşayıp, çıkmaz sokaklara girmemeye özen gösterenlere denir korkak.

Gitmek, korkakların gitmeye cesaret edemeyeceği yitik bir ülkedir.

Eylül'le olan ilişkimin tamamen bitmemesi, her ne şekilde olsa da devam etmesi için çok mücadele ettim, mücadele etmeye inanmadığım bir dönemde sadece bunun için mücadele ettim.

Ama Eylül gitti.

Bir daha hiç görüşmeyelim dedi.

Haklıydı. Bir kadın için, sevdiği adamdan mücadele etmesini beklemekten, onun için ayakta kalmasını istemekten, birlikte yaşanacak bir hayatı kurmak için birlikte yürümeyi talep etmekten daha doğal bir şey olamazdı. Ben o adam değildim. Benim hayatta inanacak bir şeyim kalmamıştı, ne istediğimi bilmiyordum. Beni mutlu edecek şeylerin tükendiğini ve onların yerine koyacak bir şeylerimin kalmadığını düşünüyordum.

Bunu sadece babamın yokluğuyla açıklayamazdım. İçimde, adını ve kaynağını hala keşfedemediğim karanlık bir nokta gitgide büyüyordu. Benimle besleniyor, beni tükettikçe kendi büyüyordu. Beni teslim alıyordu. Kuralları o koyuyordu. İnandığım şeyleri tükettikçe beni daha da kolay yönetiyor, bana istediğini yaptırıyordu. Bir aşk neden biter? Aşık olduğun kadından nasıl bu kadar kolay vazgeçebilirsin? Bu kadar aşıkken başkalarıyla nasıl birlikte olabilirsin?

Soruların ardı kesilmez ama cevap veremezsin.

Sahip olduklarının yarısına razıyken etrafındaki insanlar, sen nedensiz, her şeyi elinin tersiyle itersin. Kendini yıkmak ve yeni bir hayat kurmak kolay değildir ama bazen başka bir seçeneğin de kalmaz.

...

Biliyor musun Eylül, içime gökyüzü doldu benim. Tam şu an, şu iç burkan karanlığın içinde sıkışıp kalmışken. Bu duyguyla yaşıyorum ya ben hep, bir şeylerin içinde sıkışıp kalmışlık hissi. O bir şeyleri yarıp, ikiye ayırıp, arasından hızla uzaklaşmak isteği. Herkes gibi. Sonra duruyorum öyle, durduğum yerde parçalara ayrılıyorum. Seyrediyorum o parçaları.

Bir zamanlar sevilmiştim oysa ben.

Dünya sevgisiz bir yer değil, sevebilenlerin nefesi kesiliyor sadece. İçerde sıkışıp kalıyorlar. Yoruyor sevmek, anlıyor musun?

Sevilmiştim ben, bundan eminim.

Bir insan karanlığın ortasında bile gökyüzüyle dolabilir sevildiğini hatırlayınca.

Şu an yalnızsam da, buna tutunuyorum.

Zifiri karanlık da olsa, gözlerin bağlıyken bile vardır gökyüzü, görmek zorunda değilsin.

Sen bir kere sevmiştin beni ve bu benim için gökyüzü var demekti.

...

Herkes gibi olmak zorunda
değildin sen...

Bu dünyada her insan,
her kelime
ve her an.
Bir bıçak sanki
durmadan içimi acıtan.

Bir süre sonra İstanbul'a dönmek zorunda kaldım, fazla iznim yoktu cenazeden sonra. Bir iki gün de salladım hatta gazeteyi. Homurdanmalar, dibine sitem çökmüş, yüzeyi pürüzlü cümleler ve soğuk ses tonları vakit kaybetmeden yakama yapışmaya başlamıştı.

Kötü günler yaşadım. İçkiyi abarttım. İşi falan gözüm görmüyordu. Uzunca bir süre dibe vurmuş bir şekilde yaşadım, memlekete gitmedim, annemi ne zamandır görmüyordum. Halimden hoşnut değildim ama bir şeyleri düzene sokacak gücüm de yoktu. Öylesine yaşıyordum.

"Mehmet bey, toplantıya yine geciktiniz."

"Ee, ne olmuş?"

"Toplantıya bu halde gelemezsiniz. Şu halinize bakın. Kılık kıyafetiniz berbat, ağzınız leş gibi içki kokuyor, umursamaz ve saygısız haliniz de cabası. Bu gidişle pozisyonunuzu yeniden gözden geçirmemiz gerekecek."

"Uygundur Duygu hanım. Sıtkı bey sizi elden geçirirken, siz de benim pozisyonumu gözden geçirebilirsiniz. Bana her pozisyon uyar."

Bu kısa toplantının ardından toplantı odasından çıktım ve asansöre giden o koridor boyunca hayatımda olmadığım kadar mutlu olduğumu hissettim.

Hayatta inandığım bir çok şeyin yok olma sebeplerinden biri olan bu Duygu karısına sonunda ağzının payını vermiş, içimdeki bir meseleyi nihayete erdirmiştim en azından. Artık bir işim yoktu muhtemelen, ama o an için mutluydum işte. Belki hayatın anlamı da buydu.

Toplantı odasından ayrıldım.

Duygu'nun nasıl bir şekilde ve nereye kadar yükseldiğini anlatmama gerek yok sanırım, gayet açık.

Şirketin kapısında bir sigara yakıp, çantamdan çizgili defterimi çıkardım. Canım defter. İçimdekileri dökecek başka kimim var?

Duygu beni terk ettikten sonra yazdığım bir kaç sayfa vardı o defterde, onları buldum.

...

Zaman söyledi söyleyeceğini.

Hiç bir ayrılıkta konuşamadım ben, içimden geçenleri yüksek sesle anlatamadım. Hiç bir itirazda, hiç bir haksızlıkta sesi en çok çıkan olamadım. Uysal ya da korkak biri olduğumdan değil bunlar, bu ve benzeri koşullarda etrafımda benden daha yüksek sesli birilerinin olmasından kaynaklandı.

Bir süre sonra benden yana konuşmaya başladı zaman. Bütün sustuklarımı tek tek alıp götürdü sahiplerine, haksızlıkları benim değil onların yüzüne vurdu, görüyorum, duyuyor hissediyorum. Belki bir rüzgar sesinde, belki bir yaprak hışırtısında ya da bir bebeğin ağlayışında. Tek tek fısıldadı sustuklarımı beni hiç duymayan kulaklara. Önlerine yığınla pişmanlık bıraktı.

Zaman söyledi söyleyeceğini.

Ben hiç söylememiştim.

Söylenecek bir şey de kalmadı zaten.

...

Bir gün sen de özlersin, herkes özler.

Yüreği soğumuş, gözleri kurumuş, elleri iyilik nedir unutmuş bir adam, bir gün bir sedyenin üstünde, çoktandır yitirdiği çocukluğunu bulur. Bulur ama dokunamaz. Özler.

Masmavi gözlerini gökyüzünde gezdiren bir çocuk, her gece düşlerinde annesini bulur. Bulur ama sarılamaz. Gözlerinin önünde yitirdiği annesine bir kez olsun dokunamaz. Elleri kanar. Özler.

Sen de özlersin.

Özlemek ne demek bilir misin?

Tek bir anın hayaline tam bir ömür vermek demek.

Bugünün çıkmaz sokaklarında başı önde yürürken, yerde gördüğü bir çakıl taşı bile batar insanın yüreğine. Bir anlık hayal, pürüzsüz bir hatıra, saf bir arzu. Dünün rengarenk sokaklarıyla süslenen hayaller, bugünü altüst eder.

İnsan özler.

Sen de özlersin.

İnsan bir kere çıkmaz bir sokağa girmesin.

Sokaklardan çıkabilirsin ama bazen kendine dönemezsin...

...

Nasıl kırılmam sana?

Etrafını sert kayalarla ördüğüm o kırılgan yüreğimi açmışken sana,

o görkemli yalnızlığımın kapılarını kırmış,

bencilliklerimle vedalaşmış,

kuşatmalar altında kuşandığım zırhlarımdan sıyrılmışken...

Nasıl kırılmam sana...

Saltanatlar yıkılmak içindir sevgilim,

yüreğimdeki saltanatın sonsuz olsun diye

olmadık savaşlar verirken

ben...

Sana En ben halimle gelmişken...

zamansız, manasız gidişine

nasıl kırılmam ben?

Tanıyorum bu duyguyu,

kırılganlık bende çok derin mevzu.

İlk değildin sen, son da olmayacaksın,

tamam...

Ama sen sevgilim.

herkes gibi olmak zorunda değildin sen...

...

İçimde kestiremediğim bir yerlerdeydin, çoktandır unutmuştum ben.

Sonra aklıma geldin yine. Nedeni yok.

Bir otobüs terminalinde, herhangi bir zamanda herhangi bir şehri terk etmenin hüznü kadar nankör de olabiliyor insan, görüyorsun. Bir sigara yakıyor ve daha bitirmeden unutuyor işte.

Ne yazık, bir sigara içimi kadar bile kalmamışsın bende. Yarıda bir yerde derin bir efkarla çekersin ya dumanı.

Tam orası işte.

Bir bakarsın, daha dışarı bile üflemeden, silinmiş adı belleğinden. Kafanda başka düşüncelerle üflersin yüreğini sonra.

Hani duman havaya karışır da zehri içinde kalır ya?
Sen şimdi o kadarsın içimde.

...

Yırttım sonra o sayfaları, defteri çantama, yırttığım sayfaları cebime koydum. İçimde muhteşem bir ferahlıkla sahile yürüdüm. İnsanlara baktım, koşturan, olduğu yerde duran insanlara, onları ilk kez görüyormuşçasına baktım. Bir simit aldım, üzerine çay söyledim. Yırttığım o defter yapraklarını denize bıraktım...

...

Herhangi bir gün,
herhangi bir çay bahçesi,
tanıdığımız yabancılar ve
savrulan düşünceler...

Yenilgi midir susmak?

Belki de kelimeler bazı anlamlara geliyordu da sen o anlamlara gidemiyordun.

Olamaz mı?

Soruları cevapsız kaldığında, aynı dili konuştuğu bir coğrafyada da sürgün olabilir insan pekala.

Yorulabilir.

Kulaklarını yıllarca kalabalık kelimelerinle dövdüğün sağır bir hayatta artık anlatmaktan da, anlamlandırmaya çalışmaktan da vazgeçmiş olabilirsin.

Bilirsin, pes etmek keyifli bir seçenektir bazen.

Kaldı ki o büyük anlamla aranda sonsuza uzanan, kelimelerle zerre aşındıramadığın kibirli bir duvar vardı hep.

Haklı olmanın seni yalnız bıraktığı durumlar vardı bir de, haksız kalabalıkların ısrarla kazandığı durumlar, kuru gürültülerin gözleri nemli kelimeleri bastırdığı durumlar.

Buna başka bir sessizlikte uzun uzadıya değinelim istersen, çünkü yüreğinden önüne dökülmüş binlerce mahcup kelime yüzüne bakıyor şimdi.

"Olmadı. Yıkamadık o duvarı. Birlikte o anlamlara varamadık" diyorlar.

"Olmasın. Başkalarının duvarıydı. Başkalarının anlamıydı" diyorsun.

Kelimeler gidiyor, mahcubiyet kalıyor, sen susuyorsun sonra.

Aklında tek bir soru var şimdi:

Yenilgi midir susmak?

Başkalarının kelimelerinden sıyrılıp sırt çevirmek başkalarının anlamına, kendi anlamına varmanın tek yolu mudur yoksa?

Cevabı biliyorsun.

Susuyorsun.

Kabullen

Bir noktadan sonra hayat sanki şöyle der:

Kabullen artık. Kırılan hep sen olacaksın. Kırılan, yorulan ve yitiren sen olacaksın.

Bazıları böyledir. Karşı geldikçe daha fazla örselenir. Sen onlardansın.

Sen o güçlü ve umursamaz ve de kırılmaz olanlardan olamayacaksın.

Kabullen bunu. Israr etme kırmakta. Sen kimseyi kıramayacaksın.

Sadece dinledim

Yalnızım, kabullendim.

Sonra dinledim. Kestim söylemeyi, sadece dinledim.

Yüzüme çarpan, kulağımı tırmalayan, ruhuma tecavüz eden ne kadar aşağılık gürültü varsa, üzerimizden acımasızca geçen ne kadar kalabalık yalan varsa, yanan canımı bırakıp bir kenara, sadece dinledim.

Karşıdan gelen seslerle çarpışmadı sesim, sesimin hızını yarıştırmadım diğer seslerle. Duydum. Sustum çünkü, ve belki de ilk kez dışımdaki sesleri duydum. Tokat oldu çarptı yüzüme yalanlar, o sahtekar suratlar duvar diplerinde tekmeledi beni, canımın yandığını duydum tekrar.

O büyük aldanmacadan bahsediyorum aslında, o büyük illüzyondan. Kendimizi bir şey sanarak yaşadığımız bir hayatta kaplayamadığımız yerlerden, daracık yerlerden bahsediyorum. Doğru kalarak doğrulabileceğimizi sandığımız ama o beli hiç bir şekilde doğrultamadığımız o büyük kurmacadan.

Sığamamaktan, kenarda kalmaktan ve yanılmaktan, hevesle aldandıklarımızın gözünü kırpmadan aldatmasından bahsediyorum.

Bakkalından politikacısına, sevgilisinden çocukluk arkadaşına, seni yanıltmaya çok meyilli bir dünyada, çok fazla konuşmanın, anlatmaya çalışmanın anlamsızlığından bahsediyorum aslında.

Hepsi bu.

Bekleyen

Ne yaptığını bilmeden delirmiş gibi koşuyor herkes, yorulan sen oluyorsun.

Oysa ne çok isterdim bir yerlerde beni de bir bekleyenin olmasını.

Yaşadıkça eksilen bir benliği, koşulsuz, hesapsız bekleyen birinden başka kim tamamlayabilir? Hızla akıp giden zamanın bir köşesinde sıkışmış, o sıkışmışlıkta savrulmuş bir halde, hızla koşup uzaklaşan insanlarla dolu bir hayatın en orta yerinde, akıp giden her şeye sadece bakabilirken sersemlemiş gözlerle, bir tane de olsa bekleyen, hiç üşenmeden sadece "seni" bekleyen bir insanın varlığı ne kadar kıymetlidir düşünsene?

Sonra gidiyor o...

Denize mi dalıyorum yoksa hayallerime mi? Yanımda mısın Eylül? Var mısın? Bekliyor musun beni?

Bu konuşan sen misin, yoksa ben artık yitiriyor muyum aklımı?

"İstediğin her şeyi yapabilirim," diyorum, "sen yaz beni, hikayem sen ol. Sen başla, sen bitir istiyorum işte. Çok şey mi istiyorum?"

"Her şeyi istiyorsun yani," diyor, "bu dünya hikayesi yarım kalanlarla doluyken sen bütün bir hikaye olmak istiyorsun. Üstelik de biz birbirimize bu kadar geç kalmışken. Çok şey bu."

Yere düşemeyen yağmur damlaları, herhangi bir evin herhangi bir penceresinde süzülmeye başlıyor.

Yere düşemeyen gözyaşı damlaları yüreğime süzülmeye başlıyor.

Bir pencere buğulanıyor.

Sonra gidiyor o.

Sarılmadan. Arkasına bakmadan.

Gidiyor.

Hikayem yine yarım kalıyor.

Adamın nedenleri vardı, kadının beklentileri. Olmadı. Olamazdı.

Sadece dalga seslerinin duyulabildiği bir sahilde, bir çay bahçesindeyim. Ben varım, çay var, uzaklar var. Sağ baldırıma sürtünüp duran kedi var, bir de sol çaprazımdaki masada, seslerini ve sessizliklerini duyabildiğim bir kadın ve adam. Benden çok önce geldiklerini düşünüyorum. Sanırım aralarındaki meselenin çözüm aşamasında denk geliyor gelişim.

"Öldü şimdi içimde yaşamaya sebep ne varsa." diyor adam.

"Senden bahsetmeyi yaşamakla bir tuttuğum zamanları da geride bıraktım artık. Olmuyor."

Haklıydı herkes kadar. Zaten herkes her konuda en az herkes kadar haklıdır.

Adamın nedenleri vardı, kadının da beklentileri. Olmadı. Olamazdı.

Adım atacak halleri de kalmamıştı besbelli. Aldım verdim yapmışlar da artık adımları tükenmişti sanki. Aralarında alacak verecek kalmamış, birbirlerine haklarını helal etmişlerdi.

Yüzlerinde müthiş bir dinginlik vardı, imrendiren bir huzur süzülüyordu gözlerinden yanaklarına kadar. Başlarını çevirip uzaklara baktılar. Birbirlerine bakmaktan vazgeçmişlerdi, bunca zaman bakıp göremediklerini bundan sonra görecek değillerdi. Kabullenmişlerdi.

"Ne yapacaksın peki?" diye sordu adam.

"Beklememeyi öğreneceğim" dedi kadın.

Beklemenin verdiği acı bütün bedenini kaplamış gibi, en küçük uzvunu bile kımıldatıp o acının dışına çıkamıyormuş gibi, yıllarca o kafeste yaşamış ve o kafesi o an fark etmiş gibi.

Bunu söyledi ve yüzündeki o huzur dolu ifade daha da derinleşti.

Teşekkür etti kadın.

Adama son kez sarıldı ve hızla uzaklaştı.

Uzaklara daldı sonra...

Bacak bacak üstüne atmış oturuyordu yaşlı ağacın altındaki masada. Gri takım elbiseli, tam bir beyefendi. Sağ eli bastonunun üstünde, sol eliyle dudaklarına götürdü çayını, serçe parmağı uzakları gösteriyordu.

Yüzüme baktı sonra.

"Kendimden vazgeçtim, hep onlara verdim," dedi. O susuyordu, ben dinliyordum. "O arada ömür geçti gitti, peki kim kaldı diyorum şimdi, ne geçti elime? Sonra bakıyorum, bir tek ben kalmışım geride, elime bir tek ben geçmişim onca yılın ardından, çok şey değilse de, bir şeydir bu da."

Yeniden uzaklara daldı sonra, yanında beni de götürdü.

Düşündüm. Ne kadar tanıdıktı bu hikaye. Sen, ben, biz, onlar. Yüreğinden vermekten asla yorulmayanlar.

Kim bilir nelerden vazgeçmişsindir bugüne kadar, sırf başkalarının mutluluğu için, ne küçük, ne değerli mutlulukları heba etmişsindir.

Sonu pişmanlık olur genelde, bilindik hikaye. Geçip gitmiş, bir daha dönmeyecek günlerin ardından öylece bakakalırsın.

Kayıpların, pişmanlıkların ardından "Bir daha asla" cümlelerini kurarsın önceleri, "aynı hatalara asla düşmeyeceğim bir daha" diye söz verirsin kendine. Onca şeyin ardından kendi değerini anlamışsındır, sözde.

Sonra unutup her şeyi, bütün hayal kırıklıklarını, bütün yanılgıları rafa kaldırıp, kendini unutmaya, kendini ötelemeye devam edersin kaldığın yerden.

Aklını yitirmiş gibi koşturursun ardından değer verdiklerinin, kendine kulak vermezsin.

İçerde susturduğun o sen, bir gün daha gür bir sesle konuşmaya başlar seninle, isyan eder, «yeter,» der, «ben de önemliyim!»

Verdiğin değeri göremedikçe gürleşir içinde bastırdığın sen, bir gün gelir artık ona kayıtsız kalamaz olursun. O gün gelir, kendini öne çıkarır, kendinle gerçek anlamda bir olursun.

Kendini önemsemek başkalarını önemsiz kılmıyor aslında.

Başkalarına verdiğin değer, kendine verdiğin değerle değerleniyor.

Paylaşılmayan değerlerin, ortaklaşmayan çabaların ve tek taraflı anlayışların eksiklik olduğunu, eksik ilişkilere yol olduğunu ve seni de eksilttiğini kavramak, bunları geride bırakmak ve daha anlamlı ilişkiler kurmak. Sonunda varacağın, varmak zorunda olduğun yer bu.

Yoran, yıpratan, can sıkan ilişkilerden geriye elinde bu

kalacak. Elinde sen kalacaksın, biraz daha tamamlanmış bir sen.

Sen kendini önemsedikçe, geçmişin o gereksiz tortusu silinip yokluğa karışacak.

Ne demişti amca?

"Çok şey değilse de, bir şeydir bu da..."

Unutmak mutluluktur

Bildiği şeyleri sürekli aklında tutarak yaşamıyor insan. Belki de bu sayede koruyoruz akıl sağlığımızı hepimiz. Zararsız bilgi ve düşünceleri akılda tutarak sağlıyoruz dengeyi.

Çünkü öyle şeyler vardır ki bildiğin, onları sürekli aklında tutmak kendi kendine darbe vurmak demektir, delirme eşiğini düşürmek, yalnızlaşmak demektir. Ölüm mesela. Öleceğini biliyorsun ama bunu bilmiyormuş gibi yapıyorsun her gün. Yokmuş gibi. Çünkü yaşadığın süre içerisinde en azından delirmemek istiyorsun. Öleceğini bilen insan nasıl mutlu olabilir başka türlü? Bu gerçeği unutmamak hepimizi daha iyi insanlar yapabilirdi belki, ama delirtmesi daha güçlü bir ihtimaldi. Ufak dozlarla yetinmek kafiydi. Bir yakının hastalığı, sabah vakti duyduğun bir sela sesi, uzaklarda bir yerde patlayan bir el silah. "Ölüm var" dersin, bir kaç gün bu düşüncenin soğukluğuyla üşür ve sonra hayatına her zaman olduğu gibi, bilmiyormuş gibi devam edersin.

Öbür türlü sonun tımarhanedir.

Tımarhaneyi boylamasan bile tımarhanelik damgası yersin.

Herkesleşmemek her babayiğidin harcı değildir.

Gayet net duyabildiğim başka bir masada ölümden bahsediyorlardı, durduk yere kapılmadım bu düşüncelere. Ülke belleğinde uzun yıllardır yer etmiş, seveni çok bir sanatçının ölümünden.

"Ölmüş" dedi biri, öteki "aaaa" dedi.

Sonra "kızım sen asıl bombayı bilmiyorsun" dedi, "babamla konuştum, eve çıkıyorum kendim."

İnsanlara bakınca, yaşam yakın ölüm uzaktı. Ölüm, "ben buradayım" dediğinde bile uzaktı işte insana.

Oysa...

Dibine kadar yaklaştığında ölüm, bir yakınına, bir sevdiğine musallat olduğunda, o sevimsiz yüzünü uzattığında sana doğru bir duvarın arkasından, gözlerini gözlerine diktiğinde...

İnsan çıkacak bir ev değil, o durumdan çıkacak bir yol aramaya koyuluyordu çaresizce. Hastane koridorları, doktor kapıları, teselli cümleleri...

Çıkmaza sürüklenip duruyordu insan, savruluyordu işte ölüm denen çıkmaza. Aslında hep yanı başında olan o çıkmaz sokakla yüzleşiyordu.

Sonra unutuyordu yeniden. Gündelik çalkantılar çıkmazları unutturuyordu.

Haklıdır da insan. Ölümle baş başa elbette yaşanamaz bir hayat.

İnsan unutur.

Unutmak mutluluktur.

Oralarda bir yerde bir uçurum derinleşiyor.

Ve ben ne kadar da dışındayım tüm bu unutuşların. Biraz unutmak için neler vermezdim.

Ait değilim. Mutsuz muyum? Emin değilim. Mutluluğa epeydir mesafeliyim. Ve bu mesafeden karar vermem zor mutsuzluğa. Ortasında bir yerdeyim belki, ya da tamamen dışında. Dışında olmak kelimesine daha bir yakınım sanki. İçerisi kalabalık. Her şeyin içerisi biraz kalabalıktır. Kalabalıkların neresi çekici bu kadar? Benim kaçırdığım ne? Kaçırmak, dışında olmak, ait olmamak, bağlı hissetmemek. Bu eylemlerden uzak yaşayan insanlar var, halbuki ben hayatımın şu döneminde, tam tersi, bu kelimelerin insanı ifade etmede olmazsa olmazlar olduğunu düşünüyorum. Oralarda bir yerde bir uçurum derinleşiyor. O uçurumun kaç tarafı var? Bilmiyorum. Ama bir tarafında mutlaka ben varım, bir tarafında mutlaka hayat var, insanlar var. Çünkü ne bu hayatta ait olduğum bir yeri duyumsuyorum ne de insanlarda beni bağlayacak bir duyguyu. Hissizleştiğimi de düşündüm ben bir dönem, şimdilerde benden önce beni çevreleyen hiç bir şeyde his kalmadığını fark ettim. Bir sorun bu. Hisler karşılık bulmayınca kendi izlerini yitiriyorsun kaba saba kalabalıklarda. Dışında. Her şeyin dışındayken kendi içinde olmak da yetmiyor kendin kalmaya. Dışındayım sandıkça herkesleşiyorsun.

Unutmak. Uzak. Unutabilsem keşke bildiğim her şeyi.

O zaman daha mutlu olmaz mıydım?

Tamah ettiğin dünya bu.

Her ne kadar karamsar bir insan olsam da, yanımda hayata umutla bakan insanların olmasından hoşlanıyorum.

Yanılma payımın olabileceği ihtimalini hatırlatıyor onlar bana.

Kötü olduğunu düşündüğüm şeylerin iyi olabileceği ihtimalini.

Kısa süreliğine de olsa güzel şeylerin olabileceğine dair heyecana kapılıyorum onların yanında.

Sonra geçiyor.

Çocuklar ölüyor çünkü. Ne kolay kurulabiliyor böyle bir cümle. Doğrusu şöyle olmalı belki de.

Çocuklar ölüyor ulan, görmüyor musunuz, çocuklar ölüyor! Beş para etmez amaçlarınız, hırslarınız ve kötü kalpleriniz uğruna dünyayı getirdiğiniz hale bakın! Ve böyle bir dünyadan nemalanmak uğruna harcadığınız kendinize dönüp bir bakın.

Belki bu gerçeği, unutmasak demeyeceğim, arada bir

de olsa hatırlasak, dünyanın daha güzel bir yer olmasına ufak da olsa bir katkıda bulunabiliriz. Ne bileyim, sevdiklerimize daha bir sıkı sarılırız mesela, daha çok insana gülümseriz, hırslarımızdan biraz daha arınırız, üç kuruş çıkar sağlamak için alçalmayız, yani bu rezil dünyada kapladığımız yeri büyütmek için her Allah'ın günü küçülmeyiz demek istiyorum.

Tamah ettiğin dünya bu çünkü.

Tamah ettiğin dünyada çocuklar ölüyor.

Çocuklar diyorum, ölüyorlar ulan!

Uzaklar. Ne güzeldir uzaklar.

Kendiliğinden bir dinginliğe yatırmak istiyorum şimdi bedenimi.

Uzak hissediyorum her şeye ama yine de uzaklaşacak daha çok mesafe var gibi. Hep bir gitmek isteği, kaçmak, kurtulmak... Neden kaçtığını da bilmiyorsun çoğunlukla. "Uzaklar" diyorsun hep, "ne güzeldir uzaklar. Gitsem. Kaybolsam."

Gözlerin de uzaklaşmakta Eylül.. Ellerin boğazımda, uzaklaşmakta yüreğin. Ruhumu rastgele tıkıştırmış gibiyim bedenime. Bir tuhaflık var, ruhum bedenimin bir adım ötesine geçmiş sanki. Bu ağırlık fazla sevgilim, hiç olmayan sevgilim, bu ağırlık ağır geliyor bana. Bir yer olmalı mutlaka. Denizin olmadığı, bir göl kenarının, bir ağaç gölgesinin, kuş cıvıltılarının olmadığı. Bir yerler artık olmalı mutlaka.

Yalanların ve senin olmadığın çorak ve de yer yer çatlamış bir dinginlik bulup, oraya yatırmalıyım bu yorgun bedeni.

Ölü bir yavru kedi gördüm bir yolun ortasında. Arabalar ve insanlar nasıl da aldırış etmeden geçiyorlardı yanından. Yokmuş gibi. Ölüm yokmuş gibi. Yaşamak ancak böyle mümkün olabilir sanki. Ölüm yokmuş gibi. Ölümün ve her ölümlünün yanından bakmadan, usulca geçip giderek mümkündür yaşamak belki de.

Ölmüş bir kedi gibi bir yol ortasında boylu boyunca uzanmak isterdim aslına bakarsan. Herkes ve her şey yanı başımdan geçip gitsin isterdim.

Ölüm hiç yokmuş gibi, ben hiç olmamışım gibi devam etsin isterdim benim beceremediğim bu yaşamak dedikleri...

Şöyle bir cümle okumuştum bir yerde:

"İyilik ölüyor, hepimiz ölüyoruz" diye.

Bu toplumda iyilik her gün defalarca ölüyor. Öldürülüyor. Ve bu cinayet bir kaldırım kenarında, bir fabrikada veya bir televizyonun başında izleniyor tarafımızdan, başka da bir boka yaramıyoruz. Öldürülen iyiliğin, öldürülen umutlarımızın kanı hepimizin üzerine sıçrıyor ve biz buna hayret dahi etmiyoruz. İrkilmiyor, ürpermiyor, dehşete kapılmıyoruz.

Göz göre göre katledilen değerlerin suç ortağıyız biz.

Ama dedim ya, inanmak zorundasın işte. İyiliğin dirileceğine inanmak zorundasın bir yandan da. Kötünün karşısında iyiliğin yüceldiği günler de gelir elbet. Hoşgörünün, anlayışın, farklıyı ve güzel olanı yüceltmenin de günü gelir. Ama o günler bu günler değil. Bugünlerin derdi "iyi"leşmekten ziyade benzerleşmek derdi. Ne acıdır ki bu dert, derin çatlaklar, sert kırılmalar, kapanmaz yaralar açıyor yüreklerimizde.

Çatlaya çatlaya, kırıla kırıla ölüyor iyiliğe dair umutlarımız.

Vicdan ne güçlü bir kelime halbuki, ne susmak bilmez bir geveze, duyabilene.

Belki şu şekilde çok daha doğru olur o cümle:

"İyilik ölüyor, hepimiz görüyoruz."

Yoruldum ben. Yaşamak gerçekten bu mu?

Dedim ya, kendiliğinden bir dinginliğe yatırmak istiyorum şimdi bedenimi.

Kimsenin beni görmediği bir yerler olmalı.

Uzaklarda...

Yaşamak dedikleri...

...

"Sen güzel bir düştün.

İmkansızdın

Ve ben yine de, o düşün peşine düştüm."

...

Yeni bir başlangıç

Belki de biz daha mütevazi, daha basit, daha küçük hayatların insanlarıydık...

İşten ayrılmak, içimde geçmişe dair görülmeyi bekleyen bir hesabı görmek bir nebze de olsa silkelenmemi sağlamıştı. Günlerce tek başıma kaldım, hiç bir şey yapmadım. Oturdum, yürüdüm, çok fazla düşündüm. Hayata dair, kendi hayatıma dair çok şey düşündüm.

İstanbul'daki evimi öylece bırakıp memlekete döndüm. Temelli bir dönüş mü olacaktı, geçici bir süre mi? Bilmiyordum, bu detayları düşünmek istemiyordum. Biraz birikmiş param vardı kenarda, epeyce bir süre idare edebilirdim. Ev sahibimi aradım, 3 aylık kirayı yatıracağımı, bir süre şehir dışında olacağımı, sonrasının henüz belli olmadığını, tekrar haber vereceğimi ilettim kendisine. Evden sadece biraz kıyafet ve biraz kitap dolu bir çanta alarak çıktım ve memlekete doğru yola koyuldum.

Başını bir yere yaslamak istediğimde aşık olmak yerine seyahate çıkmak en güzelidir aslında. İnsanlar genelde hayal kırıklığına uğratırlar, otobüs camlarıysa sadece otobüs camlarıdır, o kadar.

Annemin, babamın ve Eylül'ün yokluğunda, boşlukta salınmaktan iyice yorulmuş başımı yaslayacak bir otobüs camı bulmalıydım kendime. Uzun bir pencere ve uzun bir yolculuk her zaman iyi gelir. Hele ki o yolculuğun sonunda varacağın yerde sevdiklerin bekliyorsa, o yolculuk çok daha iyi gelir.

"Zonguldak'a bir bilet lütfen. Tekli koltuk istiyorum. Bir de pencereyi ortasından bölen o sütunlar oluyor ya? Onlardan olmasın verdiğiniz koltuğun penceresinde. Alabildiğine cam olsun böyle, önü açık, ferah."

"Nasıl abi?"

"Cam diyorum, dümdüz cam olsun, hani sütunlar oluyor ya camları bölen? Onlardan olmasın bu sefer. Cam kenarı alınca genelde onlar denk geliyor da bana."

"Abi zaten otobüs boş, öyle denk gelirse değiştiririz hemen, ben geleceğim zaten otobüs kalkmadan önce."

Verdiği koltuğun sütuna denk geldiğini söylememe gerek yok sanırım.

Neyse ki dediği gibi yaptı ve otobüs kalkmadan önce koltuğumu değiştirdi yazıhanedeki çocuk. Onunki de ne tuhaf bir hayattı düşününce. Vardiyalı çalışıyordur, tüm hayatını o vardiyaya göre ayarlıyordur. Geceyle gündüz arasına sıkışmış bir hayat. Bir gün arkadaşlarınla kahvede oyun oynarsın gündüz vakti, bir gün mahallenin gececi tayfasıyla bira içersin gece vakti. Bir çok işini ertelersin, çevrendekilere yetişemezsin, onlar gibi planlar yapamazsın. Hoşlandığın kızın da olacağı bir arkadaş toplantısına bir türlü denk gelemezsin mesela, diğer elemanla vardiya da değişemezsin çünkü onun da bir planı vardır mutlaka. Müsait olduğun gün de herkesin evinde oturacağı tutar, bir başına kalırsın. Söyleyemediğin cümlelerle, kursan da yaşayamadığın hayallerinle geçirir durursun günlerini. Günler kaçarken kovalamaktan da yorulursun sonra, bir noktadan sonra pes edersin. Geç kalmışlık hissi yerleşir benliğine, dışarıda kalmışlık, unutulmuşluk hissi yerleşir. Herkes gibi olma isteğiyle kendini kabullenme mecburiyeti arasında süregiden savaş bitkin düşürür seni. Dedim ya, pes edersin. Sonra elin oğlu gelir yok tekli koltuk yok cam kenarı sütun falan diye bir şeyler söyler durur karşında, "tamam canım abim" dersin otomatiğe bağlanmış bir ses tonuyla. Her şeye rağmen işini iyi yapmaya gayret edersin. İşini iyi yapman, işini çok sevdiğinden değildir. O zaten gereksizdir ve o gereksiz işle olan ilişkini sadece o saatlerle sınırlamak, hayatına iyice yayılmasını engellemek için o saatlerde en iyi şekilde yapmak ve orada noktalamak istersin. Hayatın ne kadar boktan da olsa, işi ona bulaştırmak istemezsin.

Çünkü o boktan hayata dair, zulanda her zaman ufak da olsa umut kırıntıları vardır. Bir gün bir mucize olabilir. Olmaz da, ufak bir ihtimal işte, hani olur ya? İşte tam da o mucizenin olacağı anda, gündüz kestiğin yanlış bir biletin sonucunda karışan hesapları düzeltmek için gece fazladan mesaiye kalmayı istemezsin mesela.

Annemle birlikte yaşayacaktım bir süre, eski arkadaşlardan elde kim kaldıysa onlarla görüşecektim, bu yalnız ve kederli şehirde kendimi dinleyecektim. Dinlenecektim.

Annem bu fikri çok sevmişti. Mutluydu. Sadece bunun için bile bir ömrü burada geçirebilirdim, onun bu mutluluğu için değerdi.

Ah be anne...

Bu hayatın sana verdikleri daha fazla olmalıydı, biliyorum. Sana sorsak "daha ne versin" değil mi? Ailesi için hep dimdik durmuş bir eş, güzel bir evlat, kimseye muhtaç olunmadan yaşanmış bir hayat. Daha ne bekleyebilirsin.

Bana sorarsan işler değişir anne. Yetinmeyi öğrettiniz belki ama kabullenmek başka bir şey işte, ben kabullenemiyorum.

Bana sorarsan mutluluk daha kolay, daha yakın bir ihtimal olabilirdi senin için. Mutluydun belki ama en son kendin için ne yaptın diye sorsam cevap veremezsin anne. Kendini birilerine ya da bir şeylere adamak, adayabilmek bir erdemdir elbette. Bencilce bir hayat sürmektense, "ben"i paylaştırmak bir bütüne, herkeste kolay bulunmayan bir özelliktir.

Ama yine de, sen kendine de biraz kalmalıydın anne.

Herkese yeteyim derken, kendini bu kadar tüketmemeliydin...

"Oğlum" dedi annem, "bir iş mi kursan burada, emekli maaşımız da var, geçinip gideriz işte. Bırak şu İstanbul'u. Hem belki kısmetin de buradadır."

Eylül'ü kastediyordu annem.

"Babanın mal getirdiği bir oyuncakçı vardı ya hani çarşıda, o büyük olan değil, bir arka sokaktaki, küçük olan. Kapatacakmış galiba, iyice yaşlanmış adamcağız. Orayı alsak? Benim bilezikler var, biraz da birikmiş var. Ha oğlum, ne dersin?"

Gazeteciliği bırakmış, İstanbul'dan taşraya dönmüş bir adamın oyuncakçı açması. Bir nevi baba mesleğine dönmesi. Daha basit, daha küçük ama belki daha mutlu bir hayat. Neden olmasındı? Hem belki Eylül... Ben kasada dururdum. O gelen müşterilerin çocuklarıyla ilgilenirdi. Mutlu çocuklar. İstediği yapılmış ve oradan mutlu ayrılan çocuklar. Sahip olduğumuzdan daha fazla mutluluğu satma fikri. Kelime hoş olmasa da, bir bakıma insanlığın mutluluğuna az da olsa katkı yapabilirdik. Neden olmasın? Bu düşüncelerle daha da güçlendiğimi hissettim.

"Tamam anne," konuşalım bu konuyu dedim, "neden olmasın?"

Yol onun için bitmiş gibi...

Annemin varlığı, doğup büyüdüğüm şehre uzun süreliğine gelmiş olmak güzeldi, güç vermişti. Yine de içimde sızım sızım sızlayan yaralar vardı. Uzaklaşmak zordu. Bir yandan onlarla boğuşurken bir yandan da anneme belli etmeme çabası. Yoruluyordum.

Kimseyi görmek istemiyordum bir süre, kafamı hayatın gereksiz detaylarıyla meşgul etmiyordum. Telefonu kapatmış, çoğunlukla eve kapanmış bir halde, gözlerimi saatlerce duvarlarda ya da kitap sayfalarında gezdiriyordum.

Uyuyabildiğim sayılı zamanlarda gördüğüm sayılı rüyalardan birinin etkisinden çıkamadım bir süre. Peşinden gelişen olaylar daha da sarstı beni.

Ailemin evinde, balkondayım. Dördüncü kat. Nedense yalnız yaşıyorum.

Sabaha karşı dört, yaşlı bir adam ayaklarını sürükleyerek, sarhoş gibi, yorgun gibi, kimsesiz gibi adımlıyor caddeyi. Islak asfaltı tam orta yerinden bölüyor. Bayır aşağı. Başı önde, omuzları düşük, ceketi düzgün, gömleği muhtemelen ütülü. Geçip gidiyor önümden. Bir saat sonra dönüyor. Bayır yukarı. Aynı şekilde yürüyor, adımları biraz daha yavaş. Ayakları zor kalkıyor yerinden adım atarken. Yolun ortasından yürüyor yine. İki üç dakika kadar ancak izleyebiliyorum. Binanın yanına iliştirilmiş dar balkonunu izin verdiği kadar izleyebiliyorum onu, binanın ön cephesi diklemesine kesiyor yolu. Yol orada bitiyormuş gibi.

Yaşlı adam gözden kayboluyor, yol onun için bitmiş gibi.

Ertesi gün, daha ertesi gün yine izliyorum aynı şekilde. Günlerim rüyanın içinde geçiyor sanki. Her gün aynı saatte, aynı adımlarla geçip gidiyor önümden yaşlı adam. Bir ritüel gibi. Gece denen yalnız kalabalığın arasından uzatıp başımı, meraklı gözlerle izlediğim bir geçit töreni gibi.

Sonra bir arkadaş ziyaretine gidiyorum rüyamda, şehir dışına. Ziyaretine gittiğim arkadaşım babammış. Genç haliyle görüyorum babamı, ben aynıyım, aynı yaşlardayız. Çay demliyor arkadaşım, yani babam. Tavla oynuyoruz. Sonra Galatasaray'ın maçı başlayacakmış, televizyonu açıyoruz.

İçim sıkılıyor. Rüyada olduğumu, orada uzun süre kalamayacağımı biliyorum.

Ayrılıyorum babamın yanından.

Sisli bir gece vakti dönüyorum evime. Bir çay sallıyor, bir kitaba gömülüyorum. Dar balkonda saat gece dört oluyor yine. Yaşlı adam görünmüyor. Saat beş oluyor, yine yok. Gece bu gece nedense susuyor. Sokaklar, yollar hiçbir şey anlatmıyor.

Yatağa giriyorum. Sabah ezanı geçiyor sisin içinden,

odamın penceresini okşuyor. Peşinden sela veriliyor. Ürperiyorum. Balkona sigara içmeye çıkıyorum. Sokaklar bomboş. Yan binanın çatısından kömürlüğün üzerindeki metal levhaya su damlıyor, selaya karışıp daha da kasvetli bir hal alıyor.

Yatıyorum. Odamda çınlayan megafon sesine açıyorum gözlerimi. "Emekli öğretmen Sulhi Tezcan vefat etmiştir. Cenazesi bugün ikindi namazını müteakip..."

Kimin babası, kimin oğlu, kimin kardeşi Sulhi Tezcan, belediye anons etmiyor. Vefat anonslarının olmazsa olmazı, her zamanki o uzun isim listesi yok Sulhi Tezcan'ın isminin önünde. Sadece Sulhi Tezcan diyor, emekli öğretmen. Öldü.

Kalkıyorum. Çay içesim var. Sıcak bir çay olsa. Sigara kuru kuru gitmiyor.

Çaya üşeniyorum.

Sana da üşenmiştim Eylül.

Balkona çıkıp sigara yakıyorum. Sokakta insanlar, arabalar. Arabalar dolusu insanlar, sokaklar dolusu insanlar her şeyin boşunalığından habersiz ne çok yoruluyor, ne çok tükeniyorlar.

Salonda oturuyorum bir süre. Güzel bir müzik açsam şimdi, biraz enerji toplayıp, birkaç güzel şey düşünüp sıyırsam üzerimden bu hüzün pelerinini, duşa girsem.

Koltukta uyuyakalıyorum.

Uykusunda neden uyuyakalır insan? Bir ruh bu kadar yorulur mu?

Kapı ziline uyanıyorum. Yönetici aidat diyor, üç aylık. Halbuki bizim apartmanın yöneticisi yok. Verdiği hesap numarası çalışmıyordu, yanlış değil bozuk hesap numarası diye bir şey var. Her gün bankaya gidemem diyorum, dört aylık aidat veriyor kendisinden yatırmasını istirham ediyorum. İstirham diyorum, çünkü bir yöneticiden istirham edersen işler kolaylaşır.

"Ben hallederim" diyor "Sinan bey oğlum." "Eksik olmayın Şükrü bey."

Rüyadaki ismimin Sinan olduğunu öğreniyorum.

Bir önceki gün giydiğini yeni bir günde giyersen o gün zorlaşır ya hani?

Zaten zor bir rüyada olduğum için sanırım, babamı ziyaret ettiğim gün giydiğim gömleği geçiriyorum üzerime aceleyle. Sonra cenazeye gidiyorum. İkindi namazı başlamadan önce tabutun yanında orta yaşlı bir adam duruyor sadece, bu adamı tanıyorum. Yukarı mahallenin bakkalı, İtimat Bakkal. Hangi rüyada gittim acaba o bakkala? Ne aldım o bakkaldan? Cino almaya gitmiş olabilirim. Ya da teneke içinde satılan gofretlerden. Artık kalmadı gerçi onlardan. İtimat bakkal. Neden o ismi koydu acaba? Babası mı koydu yoksa? Kelime biraz eski. Ben çocukken yeşil yirmi bin liralar vardı, üzerine itimat yazsalar tuhafıma gitmez şimdi.

Her neyse.

Epeydir namaz kılmamışım sanırım, cami avlusundaki sütunlardan birine yaslanıp abdest sıralamasına, namazın kaç rekat olduğuna falan bakıyorum Google'dan.

Cami avlularında çok fazla sütun vardır, camilerde yaslanacak bir yer bulma sıkıntın olmaz.

Cenaze namazından sonra İtimat Bakkal'ın yanına gidiyorum. Sulhi bey intihar etmiş. Oğlunun hastanede öldüğü haberini almış. "Aylar önce bir öğle namazı sonrası geldi, çay içtik", diyor İtimat Bakkal, "Almanya'da bir oğlu vardı sadece, fabrikada çalışıyordu yıllardır, senede bir gelirdi bir haftalığına. Kansere yakalanmış, o da yalnızdı oralarda. Uzun süre bir hastanede tedavi gördü. Sulhi amca da gidemiyordu yanına. Yaşlılık. En son telefonunda uyuyamıyorum baba demiş çocuk, geceleri karanlık beni yutacak, yok olacağım diye korkuyorum."

Bir hastane odasında sabahlara kadar uyuyamayan, günün ilk ışıklarına kadar durmaksızın hastane duvarlarında gezdiren oğluyla birlikte her sabah sokakları adımlayan Sulhi bey amca, oğlunun ölüm haberini aldığı sabah, camın kenarında denize bakan tekli koltuğunda kendini, babadan kalma 1938 yapımı 7.62 mm Kırıkkale tüfeğin soğuk ve yorgun demirini, üşümüş ve yorgun bacaklarının arasına sıkıştırmak suretiyle namluyu kendi yüzüne doğrultup, tetiği ayak başparmağıyla çekerek vurmuş.

Bence demiş ki Sulhi bey amca, bu dünya yalandır, artık bu dünyada kalmamın da bir anlamı kalmadı.

Soluduğum hava, adımladığın yollar, dibimde patlayan bombalar, sahip olduğum, ulaşamadığım, söylediğim, sustuğum, gördüğüm ve özlediğim ne varsa hepsi yalandır demiş.

Gitmiş.

Biz de duruyoruz işte.

Bu yalanın içinden bir gerçek çıkarmak çabasıyla, her şeye rağmen duruyoruz bu hayatta.

Duruyoruz.

O treni kaçırdım ben...

Bu rüyadan uyandığım günün sabahında anlamsız bir neşeyle doluydum. Annemle balkonda ettiğimiz kahvaltıda her zamanki rutinimizin dışında bir enerji hakimdi. Keyifliydik. Uzun süre sohbet ettik.

Kahvaltıdan sonra biraz kitap okumak için, biraz da bir tanıdık denk gelir laflarız düşüncesiyle dışarı çıkıp Çınar Kıraathanesi'ne gittim. Uzun zamandır uğramıyordum buraya. Bir zamanlar uğrak yerimdi. Henüz bir çay söylemiştim ki bana doğru yürümekte olan İsmail'i gördüm. İlkokul günlerinden beri tanırım. O birinci sınıfken ben dört ya da beş falandım sanırım. Bizden küçüktü ama yanımızdan ayrılmazdı. Uzun zaman olmuştu görmeyeli, yüzümde kendiliğinden bir gülümseme belirdi.

İyi çocuktu İsmail, hep garibandı. En son babasının vefatından sonra görmüştüm onu. İş kazası. O da benim gibi, annesiyle kalmıştı işte. Sonra kaderin cilvesi mi dersin, ironi mi, babasının yolundan gidip, yerin altında çalışmaya başladığını duymuştum. Taşeron.

İnsan bazı döngüleri kıramaz, o döngülerin arasında sıkışmış bir halde yaşamaya çabalar sadece.

Zordur. Hepimiz biliriz.

Yaşamak, hayatta kalmak çok zordur.

Sarıldık. Birbirimizin omuzlarından tutup, gözlerimizin içine baktık gülümseyerek. Çayım geldi, İsmail'in önüne ittim.

"Ne var ne yok İsmailim? Nasıl gidiyor hayat?"

"Ne olsun be abi, aynı yolu yürüyüp duruyoruz işte. Ne olur bizim hayatımızdan?"

"Başka yollara da gir arada be kardeşim. Olmadı bir istasyona git, atla bir mutluluk trenine? Yok mu seninle seyahat edecek biri? Vardır illa ki, aşk adamısındır sen, ne yere bakan yürek yakansındır" dedim muzipçe sırıtarak. İsmail'in yüzü düştü.

"Kaçırdım abi, o treni kaçırdım ben. Boş rayların üstündeyim uzundur. Gelip çarpacak bir tren bile yok artık. Çarpan çoktan çarptı gerçi ama öldüremedi işte. Benim yüzümden. Çok geç kaldım ben. Param olsaydı böyle mi olurdu? Düzenimi kurabilseydim böyle mi olurdu? Mutlu falan olamam artık ben abi, kaçtı o tren, el bile sallayamadan uzaklaştı, kayboldu."

"Yenisi gelir be kardeşim, rayları sökmediler ya, bu raylar hep boş kalacak değil ya. Bir sonraki sefere yetişirsin."

Boyacı çocuk tek elinde çayla dikildi tepemizde. Boyalı elleriyle önüme bıraktı çayı. "Abi boyayalım" dedi, "sağ ol" dedik. Müşteri beklerken çay servisine de yardımcı oluyordu. Bir nevi ek iş. Hayat zor.

"Ne rayı abi, ciğerimi söktüler yerinden, tutunduğum hayalleri söktüler, şu ellerimle diktiğim umutları söktüler. Ne rayı abi? Ona gidecek yol mu bıraktılar bana? İz mi bıraktılar?"

"O sana gelir be kardeşim? Bir yol bulur gelir. Bir yol açar yine gelir!"

"Bu saatten sonra nasıl gelsin abi? Ya katil olur, ya kendini vurur."

"Ağzından yel alsın."

Boyacı çocuğa işaret etti eliyle. Elinde terliklerle gelip İsmail'in ayakkabılarını aldı çocuk yüzünde keyifli bir ifadeyle. "Pırıl pırıl yaparım şimdi bunları abime."

Çay bardağını iki elinin arasında döndürüyordu, gözlerini benden kaçırıyordu İsmail.

"Gece gündüz çalıştım ben, yerin dibine girdim, didindim, gocunmadım hiç. Milletin ağız kokusunu çektim, derin derin iç çektim, sineye çektim, sıktım dişlerimi, pes etmedim abi. Az daha dedim, az daha sabret oğlum İsmail, olacak, başaracaksın, başaracağız. Olmadı abi. Aldılar, götürdüler, utanmadan, sıkılmadan verdiler kızı. Ben sahip çıkardım abi. Ailesi, akrabası, devleti, hepsi çanak tuttu. Ben neden harcadım gençliğimi o zaman abi, bir sevdanın peşinde, bir rüyanın peşinde neden tükettim ömrümü? Neden harcadılar beni? Olur mu bu, yapılır mı abi? Onu öldürmek değil mi bu? Beni diri diri gömmek değil mi? Zaten ölmüşüm, ben kimi öldüreyim şimdi? Kendimi nereden atayım? Neden abi? Neden ben? Neden biz?"

Ne zor soruydu.

Neden? Neden iyiler? Neden kendi halinde didinen, ufacık hayallerin, minicik umutların peşinde sürüklenenler? Neden kimsenin tavuğuna kışt bile demeyenler? Neden bir parça simit, bir yudum çay ve buruk bir tebessümle saatlerce denize, insanlara dalıp gidenler? Neden bir lirası yokken bile binlerce gülebilenler? Neden hep aldatılan, terk edilen, kazık yiyen ama yine de kimsenin kötülüğünü düşünmeyen, düşünemeyenler? Neden ulan? Neden?

Binlerce soru geçti aklımdan.

Sustum. Ne kendime, ne İsmail'e cevap verebildim. Hiçbirimiz veremeyiz. Hiç olmuş emeklerin, yerle yeksan hayallerin, bir yerden sonra zifiri karanlık sürecek ömürlerin hesabını biz veremeyiz.

Sustum. Teselli için kurduğum cümleler de samimiyetsiz geldi. Sevdiği kadınla birlikte kendi hayatı da altüst olmuş bir adama söylemek istediklerim bunlar değildi. İçim kaynıyordu.

"Bak İsmail, bu durum fena, bunun sonu yıkım, bunun sonunda iyi şeyler görmüyorum ben. Durum ortada. Sana boş yere umutlar vermenin, bardağın dolu tarafını gözüne gözüne sokmanın bir anlamı yok. Zaten bardağın dolu tarafı da yok, çoktan yere boşaltmışlar bardağı gözümüzün önünde. Git kafalarına sık oğlum, ailesine de, o tecavüzcü piçe de mermi yağdır, birlikte yağdıralım şerefsiz kansız piçlere, gidelim bulalım lan, sıkalım işte kafalarına, neyi bekleyeceğiz bu saatten sonra? Bugüne kadar gelmeyen mutluluğu mu bekleyeceğiz hala? Olsun hayat yine de güzel, aldığımız nefese şükür mü diyeceğiz hayatımıza her gün binlerce şekilde tecavüz edilirken? Hep bizim hayatımız mı kararacak ulan bu s*ktiğimin yerinde, hep bizim hayatımızı mı s*kecekler ulan, hep biz mi yenileceğiz?!"

Ve benzeri binlerce cümleyle isyan etmek istedim, bundan başka bir yaklaşımın samimi olacağına da inanmıyorum.

Sustum. Kaldım.

Tek kelime bile çıkamadı ağzımdan. Ezber cümlelerden sıyrıldığın zaman kelimesiz kalırsın.

Böyle durumlarda en içten olan da boş cümleler kurmak yerine kelimesiz kalmaktır zaten.

Bir müddet hiç bir şey konuşmadan sustuk. Devasa bir çınar ağacının altında, üstümüzden geçip giden bu hayatı izledik kenardan. Yapraklar hışırdıyor, yapraklar dökülüyordu.

Boyacı çocuk ayakkabılarını getirdi İsmail'in. Parasını verdi üstünü istemedi İsmail. çay bardağının kenarına da cebinde kalan bozuklukları koydu.

"Ben kalkıyorum abi, yetmezse sen tamamlarsın" dedi, "anam sipariş verdi, götüreyim, bekler şimdi. Senin de kafanı şişirdim, canını sıktım, hakkını helal et."

"Helal olsun kardeşim," dedim, "bu s*ktiğimin hayatı

böyle, ne diyeyim be oğlum, ne diyeyim İsmail? Bekletme anacığını, selam söyle, ellerinden öperim." Bu kadar diyebildim.

Bir sigara yakıp kalabalığın içinde kaybolan İsmail'i izledim. Rüzgar yoktu, deniz yoktu, dalga yoktu, önümde uzanan kayalıklara hiç bir şey vurmuyordu, önümde uzanan kayalıklar yoktu. Bir çınar ağacının gölgesinde, herkesten uzakta, her şeyin kenarında oturmuş İsmail'in ürkek adımlarını izliyordum. İnsanlar yürüyor, insanlar yetişmeye çalışıyor, insanlar dikiliyorlardı. İsmail gözden kayboldu. Bir sigara daha yaktım, İsmail'in bıraktığı boşluğa baktım bir süre daha.

"Bekletme anacığını" demiştim, "ellerinden öperim."

İki gün sonra bir sandalyenin üstünde, öne düşmüş başı, çizgilerle dolu bitkin yüzü ve titreyen elleriyle musalla taşının üstündeki tabutun yanında beklerken öptüm ellerini İsmail'in annesinin.

Bu s*ktiğimin hayatı böyleydi işte...

En güzel hep biz kaybettik...

Cenazeden sonra Cemal reis'in peşine takılıp mahalleye doğru arşınladım sokakları. Cemal reis. Balıkçı değil, siyasetle işi olmaz. Ama nedense ben ona reis derim. Sadece ona derim, içimden öyle gelir. Lugatımda olan bir kelime değildir normalde.

Ayakta kalmakla bir ilgisi olmalı. Çok fırtına atlattığından, bir insanı yıkabilecek onca badireyi yaşamış olmasına rağmen hala ayakta kalabilmiş olmasıyla alakalı olabilir. Yüzündeki yorgun ve görmüş geçirmiş ifade de bu kelimeyi kullanmamı tetikliyor olabilir.

Reis.

Ben de bir güç alıyorum belki bu kelimeden. Kim bilir?

"Hepsi ömürden gitmiş," en çok kurduğu cümle. Haklısın reis, ne yaşarsak yaşayalım, sonunda hepsi ömürden gidiyor...

Kahve bomboştu. İçerideki ve dışarıdaki o yıpranmış sandalyelerin hepsi bomboştu. Ülkede işsizlik ne ara sıfırlandı acaba diye geçirdim içimden.

"Hasan dayı, çaylasana bizi" diye içeriye seslendi Cemal

Reis, Hasan dayı uyukluyordu çay ocağında. Sonra bana döndü.

"Kalabalık sevmiyorum ben. Cenazeye gitmesen de olmaz. Bir an önce bitsin de kaçayım diye bakıyorum. Yaşarken yanında olamadıklarımızın cenazesini görev bilip akın ediyoruz oraya. Vefa yarışına giriyoruz. Kazanan yok o yarışta. Samimiyetsiz, densiz, yersiz bir kalabalık.

Yersiz kalabalıkların sonu yurtsuz yalnızlıklardır, unutma bunu. Şöyle bir bak. Her yer kalabalık, herkes kalabalık. Ama herkes yalnız. Kimse bir yere ait değil. Ama yine de yalnızlık iyidir, değil mi?"

"Öyledir herhalde abi" dedim. Hasan dayı çayı getirdi.

"İsmail'le konuştum olaydan önce. Neden diye sorup durmuştu. Hakikaten neden abi? Bunca şey üst üste. Babam gitti. İsmail gitti..."

Sözümü kesti Cemal reis.

"Başka bir isim anma sakın."

"Anmam abi. Ama o da gitti. Sen kabullenmesen de, katlanamasan da, o da gitti abi. Keşke gitmeseydi ama gitti. Sen kaldın. Acıyı besleyip büyütmek de sana kaldı."

"Öyle," dedi "bazen birilerinin kalıp bir şeyleri büyütmesi gerekir. Her şey değişirken, her şey yok olurken, biz kendimiz gibi kalmışız, hiç bir şeye gücümüz yetmese de en azından bir acıyı büyütmüşüz çok mu? Zaten sonuçta hepsi ömürden gidiyor. Boş ver."

Güzel bir düşünceydi. Belki bir avuntuydu ama güzeldi. Zaten Cemal reis de güzel adamdı. Cep telefonunu uzattı bana.

"Bak dün gece karalamıştım bunu, bugün de cenazeye gittik işte."

Bize düşen, düştüğümüz yerde beklemek oldu hep. Bekleyecektik ve beklenenler asla gelmeyecekti. Gelecek dedikleri şey, olmayanlar, gelmeyenler ve kaybedilenler üzerine inşa edilecekti. Soğuk, karanlık, yalnız ve tedirgin koridorların çatlak duvarlarına asılmış birer gölgeydik bu hayatta. Bir fotoğraf kadrajının dışında bırakılmış sevimsiz bir detay, devam zorunluluğu olmayan sıkıcı bir derstik.

Öğrenemediler. Onlar bizden vazgeçtiler. Vazgeçtiler ve kazandılar.

Biz kaybettik. Yine de vazgeçmedik. Her seferinde daha güzel kaybettik.

Geri verdim telefonu. Haklıydı. Kaybetmek bir şeydi belki ama güzel kaybetmek bambaşka bir şeydi.

Kazanmak için çirkinleşmemek, güzel kalmak, güzelliklerden yana kalmak. Kaybetmek pahasına da olsa bundan asla vazgeçmemek. Ne güzel ifade etmişti Cemal reis. Bu düşünceye tutunabilirdim. Hayattan vazgeçmek kolaydı. Savaşmayı bırakmak, pes etmek kolaydı. O zaman ne olacaktı peki? Dünya kime kalacaktı? Çirkinlik hüküm sürerken pes etmek, bu dünyadaki iyilere yapılacak bir kötülük değil miydi? Güzel kalıp kaybetmek aslında kazanmak demek değil miydi? Öyleydi. Kaybetsek de güzel kalacaktık. İyilik ve güzelliğin hüküm süreceği günler başka türlü mümkün olamazdı. İyiler başka türlü kazanamazdı. Her şeye rağmen burada kalacaktık, iyiliğe inanmayı bırakmayacaktık. Hayatın anlamsızlığından dem vurmak yerine, iyiliğe olan inancı kötülerin yüzüne vuracaktık. Bundan daha anlamlı bir hayat olamazdı.

"Keşke kazansaydın abi, keşke gitmeseydi" dedim elimde olmayarak. Anlamsızdı çünkü, olan olmuştu. Cemal reis'in sevgisi yetmemişti Sevda'ya. Sevda, Nazım Hikmet'in bir şiirinin canlandırmasını yaparcasına "girmişti zengin bir cücenin kolunda, bahçesinde ebruli hanımeli açan bir eve" ve ardına bile bakmadan terk etmişti Cemal reisi. E tabi Cemal reis "yapamazdı yapısını, açamazdı kapısını bahçesinde ebruli hanımeli açan evin", o yapsa yapsa gider badanasını yapardı o evin. O da ayda bir, iş gelirse. Gecekondudan bozma bir evde kurulacak hayatı zor bela kurabilirdi Cemal reis. Bu da Sevda'ya yetmezdi.

Bense arsızca deşiyordum bu konuyu, istiyordum ki içindekileri delirmişçesine kussun Cemal reis, paramparça etsin kendini, dökülsün ve toparlansın sonra. Dökmeden toplayamaz insan kendini.

Ama o, bu konuda konuşmaya asla yanaşmıyordu. Kızıyor, azarlıyor, kapatıyordu konuyu hep. Benim arsızlığımın temelinde yatan tek şey korkuydu. Bu kadar sessizlikle, içerde bu kadar biriktiren bir insanın, yanında kimseler yokken yaşayacağı bir anlık patlamanın sonucundan korkuyordum. Bağırsın, haykırsın, küfür etsin, ağlasın istiyordum. Rahatlasın istiyordum. Hiçbirini yapmıyordu bunların. Sürekli düşünüyor, sürekli yazıyordu sadece. Bir de iş çıkınca boya badanaya gidiyordu işte.

Bir insan gözümün önünde, sessizce uçuruma doğru yürüyordu. Bunu gördüğüm her an gözlerim acıyor, yüreğimde bir yer çok fena acıyordu. Belki de abartıyordum, bilmiyorun.

"Gitti ulan işte, başlatacaksın şimdi. Gitti tamam, uzatma. Baban da gitti, İsmail de gitti, Sevda da gitti! Tamam! Yakında ben de giderim. Herkes gider. Sus artık, bitti gitti."

Dedi ve masaya iki tane bir lira bırakıp çıktı gitti kahveden.

Muhtemelen eve gitti.

İnsanın kendinden başka sığınacak limanı yoktur çünkü.

Kalkıp eve doğru yöneldim ben de.

Tutsaydı kazanacaktık, tutmadı...

"Tutsaydı kazanacaktık, tutmadı" diye bir cümle duydum yolun hemen kenarındaki tezgahın önünde dikilmiş genç balıkçıdan. Arkadaşıyla konuşuyordu, muhtemelen önceki akşam tek maçtan yatmıştı kuponu. Zaten hep tekten yatar. Olacak gibi olur, olmaz. Başta inandırır, sonunda kandırır. Tanıdık hikaye.

"Tutmaz" dedi arkadaşı, çevirdi başını, "bi buçuk kilo 5 lira, at dolaba, pişirir yersin sonra" diye bağırmaya devam etti sonra.

Şu kısa diyalog içerisindeki cümle ne kadar da bizdendi düşününce. Hayatımızın özeti yatan bir iddia kuponundan ibaretti.

Harcı umut etmekle, yalnız kalmakla ve kaybetmekle yoğrulmuş bir hayatı yaşıyordu büyük bir çoğunluk.

"Tutsaydı kazanacaktık, tutmadı."

Aşık olduğun kız elini tutsaydı mesela, ya da dibe vurduğun anlarda, düştüğün anlarda elinden bir tutan olsaydı, gidenlerin gitmeyesi, ölenlerin ölmeyesi tutsaydı, hayat her şeye karşı bir kere de seni tutsaydı, sen de coşku dolu bir ıslık tuttursaydın ellerin cebinde, bir kere de tasasız, güleç bir yüzle evin yolunu tutsaydın...

Ama olmadı, olmuyor işte.

Uzattığımız eller hep asılı kalıyor boşlukta, giden gidiyor, ölen ölüyor ve hayat bizden başka her şeyin elinden tutup yürütüyor.

Kalıyoruz biz. Öylece duruyor ve kaybettiklerimizin arkasından öylece bakakalıyoruz hep. Muhteşem kayıpların sıradan izleyicileri diyebiliriz kendimiz için, kendi hayatımızı özetlememiz istenirse. Gerçi onu da kim istesin?

Her neyse.

Kasvetli hava olduğu gibi çöktü içime.

İşportacılar orantılı aralıklarla dizilmişti yol kenarında. Bir kadın topladığı kartonları istifliyordu önündeki metal arabaya. O arabayı eve doğru sürecekti birazdan.

Aklıma geldi.

Bir köşe başında yaşlı bir kağıt toplayıcısıyla karşı karşıya gelmiştim bir keresinde. Bisiklet arkasında içi kağıt dolu metal bir kasayı taşıyordu. Ben direksiyondaydım. Teorik olarak bakınca ikimizde de araç vardı. Trafik kurallarında yazılı değildi ama geçiş üstünlüğü bendeydi. Neden böyleydi? Neden mahcup bir ifadeyle gözlerime bakıp, elini kaldırıp özür dileyerek bana yol vermişti o yaşlı adam?

Neden?

Neden "ne olduğumuzla" değil de, "sahip olduklarımızla" üstünlük kazanıyorduk? Kafa yormadan, görmeden, sorgulamadan yaşanan bu hayatta onun hakkını kim gözetecekti? Onun elinden kim tutacaktı?

Ben buna kahretmesem, o an buna kim kahredecekti?

Kahrettim. Sadece kahredebildim.

Sahip olmanın değil, sadece "olmanın" daha değerli olduğunu düşündürdü bana o karşılaşma. Bir hayatı bu şekilde yaşayabilirsin en azından. Ne kadar başarılı olunur bilmiyorum. Yine de yaşlı bir adamın yüzündeki ifadeye takılmak, bundan rahatsızlık duymak, o anda tepeden tırnağa hüzne batmak benim için hala bir şansın olduğu anlamına geliyor belki de. Bu hassasiyet içimdeki yalnızlık hissini arttırsa da, bir rahatlama hissi de veriyor belki az da olsa. İncelikler her gün tekmelenirken, hala can vermediklerine başka başka türlü nasıl inanabiliriz? Nasıl görebiliriz de umudu besleyebiliriz?

Bir sigara yakıp durağa doğru yürüdüm.

Çocukluğumun geçtiği mahalleden tanıdığım Serdar çıktı karşıma, "Saralı Serdar" ya da bir başka deyişle "Deli Serdar". Yanında solgun yüzlü, kocaman gözleri mutsuz bir çocuk.

Çocukların yüzü solgun olmamalı. Çocukların gözleri mutlu bakmalı.

Epilepsi krizleri gözümün önüne geliyor Serdar'ın. Mahallede top oynarken, denize giderken, herhangi bir bahçenin herhangi bir meyvesine dalarken yanımızda hiç olmayan, sürekli yanımızdan geçip neresi olduğunu bilmediğimiz bir yerlere koşar adımlarla giderken denk gelen sara nöbetleri Serdar'ın... Hangisine tanık olduysam çocukluğumda, hepsi birden bir anda sırayla geçiyor gözümün önünden. Bembeyaz bir imge kaplıyor belleğimi, Serdar'ın ağzından çıkıp tüm çocukluğuma yayılıyor.

Hep dışarıdaki, hep öteki olan Serdar'ın oğlunun kalbi delikmiş, onu öğreniyorum. "Sabah beş otobüsüyle Ankara'ya gideceğiz," diyor, "Yatırırlar mı ne yaparlar, bi bakıversin doktorlar."

"Kalacak yerin falan var mı oralarda?"

"Dayı oğlu var benim, sabah o karşılayacak terminalden, hastaneye gideceğiz, çocukla kalırım ben. Bakalım ne diyecek doktorlar."

Nüksediyor tarihin cilvesi. Hayatın bir yerinden arıza verdi mi, sittinsene düzeltemiyorsun işte.

Eve gidiyorum.

Yemeğimi yerken bir yandan da Serdar'ı ve oğlunu anlatıyorum, "karısı kaçıp gitmişti başka bir adamla" diyor annem, "Serdar da gece gündüz eşya taşısın, hamallık yapsın garibim. Bir de çocuğun hastalığı çıkmış demek. Şans olacak evladım biraz, insanda şans olacak. Ama yok. Gün yüzü görmedi garip. Dikiş bir kere tutmadı mı, bir daha ne yapsan da tutturamazsın."

Kalkıyorum masadan. Arkamdan ağlıyor yine tabağımdaki yemek.

"Haklısın anacığım," diyorum, "tutturamazsın. Tutsaydı kazanırdık da, tutmuyor işte..."

"Beklemek
gerçekleşmeyeceğini bildiğin
her şey için
kendine verdiğin

tesellidir.

Beni bana bırakın

Geçen bir aylık zaman dilinde, annemin yoğun ısrarları neticesinde oyuncakçı dükkanını devraldım. Yeni bir heyecandı, hayat biraz daha normale dönmüştü işte. Zaman denen pahalı ilaç. Bazen iyi gelir, bazen işe yaramaz. Bende tamamen etki göstermese de fena değildi, hayattaydım işte, daha ne olsun.

Memlekete geldiğimden beri Eylül'ü hiç görmemiştim, ablasıyla birlikte bir kafe işlettiğini biliyordum sadece. Mezun olduktan sonra dönmüştü o, bunu biliyordum, uzunca bir süre atanmayı beklemiş ama nafile. Eylül'le ilgili tek bilgi kaynağım Cemal reis'e kafenin nerede olduğunu bile soramamıştım, yine sinirli olduğu bir güne denk gelmiştim çünkü, daha da hiddetlendirmeye gerek yoktu.

Eylül'ü görmek için özel bir çaba sarf etmesem de, bir gün bir şekilde denk gelecektik bu küçük şehirde, biliyordum. O an için başka bir meşgalem vardı, dükkanı istediğim şekilde düzenlemeli, hayatıma biraz daha çeki düzen vermeliydim.

Ben bu hayatta hor görülen, kenara itilen kim varsa ondan yana oldum hep, elimde değil. Mükemmel bir insan olduğumdan falan değil. Dürüst olayım. Sessiz kalmanın, kayıtsız kalmanın, görmezden gelmenin içimde açacağı yaradan korkarım her şeyden önce. Kendime hesap verememekten, kenara itilirken, ötelenirken yalnız kalmaktan korkarım.

Empati diyelim.

Bu kelime de sinirlerimi bozar aslında, kullanmaktan çoğunlukla imtina ederim. İmtina etmek. Neyse.

Empati beklemek dediğin dilenmek gibi bir şey. Ummak, beklemek, kapı kapı dolaşıp yalvarmak. "Beyim biraz empati yapın lütfen, yalvarırım anlayın artık şu halimizden." "Kendini benim yerime koysana kuzum, çok mu zor bunu yapmak". Ağlak yüz ifadeleri, burun çekişler, başın öne eğilmesi, kapanış. Aşağı yukarı böyle bir şeyi çağrıştırıyor bana bu kelime.

Kelimeyle ve içeriğiyle bir alıp veremediğim olmasa da çağrışım düzeyinde haksız değilim. Bilakis, o olmayınca da insanın insana neler yaptığı ortada.

Bu yoksunluk yüzünden, bu bencillik yüzünden cehenneme döndü dünya. Topyekün çoğalttığımız anlayışsızlıkla kökünü kazıdık tüm iyi niyetlerin.

Bir "şirket" sloganı gibi, birlikte başarıyorduk...

...

Dükkanı kapattığım bir akşam, memlekete geldiğim zamanlarda uğradığım, çocukluğumdan bu yana hala aynı kişinin, Kemal amcanın işlettiği Boncuk Birahanesi'ne uğradım çerezimi alıp, maç vardı.

Kemal amca hep ters bir adamdı ama geçen yıllar onu daha da huysuz ve umursamaz yaptığından sanırım, aynı sıradaki bütün birahanelerde şifreli kanal yayını olmasına rağmen o bağlatmamıştı. Oturmuş, bir bira söylemiş bulundum. Mekanda benim dışımda iki masa daha vardı maçı falan umursamayan, yüksek sesle sarhoş muhabbetinin dibine vuran tipler. Ayıp olmasın diye hızlıca biramı içip yan tarafa geçme niyetindeydim. Uzun zaman sonra ilk defa maç izleyecektim çünkü.

Birayı hızlıca yarılamıştım ki omzuma bir el dokundu.

Şenol abi.

Cemal reisin kardeşi.

"Nerelerdesin lan sen?"

"Buralardayım abi. Kesin dönüş artık. Dükkan falan açtım işte. Annemleyim. Buralardayım artık abi, arayacaktım valla da işte biraz bunalım dönemleri, biliyorsun işte. Şu ilerde oyuncakçı vardı ya, orayı aldım abi, bakalım, yapacağız bir şeyler" diye hızlıca anlatmaya koyuldum. Kızmasın, aramadım diye atarlanmasın diye peş peşe sıralıyordum cümleleri, konuşmasına fırsat vermiyordum.

"İyi lan iyi," dedi, "böyle daha iyi olmuş boş ver."

Şenol abi işten ayrılıp gelmiş, zaten peşinden çıkışını da vermişlerdir muhtemelen, o kısmı bilmiyorum. Tulumla gelmiş birahaneye, üstü başı biraz dağınıktı. Yıllardır limanda çalışır Şenol abi. Mahallenin güzel kaybedenlerinden. Güzel kaybeden derken, kazanmak için çirkinleşmeyenleri kastediyorum. Kazanmak için çirkinleşip kaybedenler var bir de, onlara güzel kaybeden diyemezsin. Güzel kaybetmek için önce güzel olman lazım. Yoksa kazanmışsın, kaybetmişin, hiç bir şekilde önemin yoktur. En azından benim gözümde.

Vardiyaya biraz alkollü gitmiş, ustabaşı da her zamanki gibi ileri geri söylenince Allah ne verdiyse girişmiş adama, tulumunu bile çıkarmadan basıp gelmiş buraya. Bazen canına tak eder ya insanın, öyle bir anda denk geldim sanırım Şenol abiye.

Oğlu olmuş, fotoğrafını gösterdi. Dünyalar güzeli, altı aylıkmış, down sendromlu.

Hep hızlı yaşadı bu hayatı Şenol abi, dilediği gibi yaşadı, onca şey yaşadı yine de bizim gibi olumsuz tarafından bakmadı hayata. Gülmek için bahanesi vardı hep, kaybettikleri için bir açıklaması vardı, kabahati kendinde bulur, güler geçerdi en basitinden. Derdi olanın derdine koşardı kendi derdini unutup. Bu zamanda zor bulunan cinsten bir adamdı anlayacağın. Yakışıklı adamdı. Çok kadına aşık oldu, çok kadını aşık etti kendine. Evlendi sonunda. Evlenince duraklama dönemine girdi, fena da olmadı, çeki düzen verdi hayatına. Evlilikten bahsederken "hep serserilik, hep itlik, nereye kadar be olum?" dedi, "evlen sen de." Sürekli içen bir adam değildi aslında, oğlunun durumundan...

Neyse...

"Arada bir kaçıyorum böyle, kupon falan yapıyorum, maç takip ediyorum. Yengen ses etmez arada çıkmama sağ olsun. Bu akşam da bu olay olunca, gideyim biraz kafa dağıtayım dedim. Maç var ya. Seni gördüm de girdim. Ulan Mehmet, hiç değişmemişsin ha, aferin."

Oğlunun hastalığı bir bakıma çöküş dönemi oluyordu sanırım Şenol abinin, öyle hissettim, içimde bir yerler sızladı.

Bir sure daha içtik birlikte, eskilerden konuştuk, bazen sustuk.

Yan masada ayarsız ayarsız konuşan, abartılı kahkahalar eşliğinde bel altı muhabbetlerin dibine vuran koca koca adamlara kuruldu Şenol abi bir süre sonra, dayanamadı olay çıkardı birahanede. Hiç beklemediğim bir anda masadan kaptığı bira şişesini heriflere fırlatayım derken tabureden devrildi sırt üstü, kafasını yere vurdu ama çok sert değildi, karga tulumba attılar dışarı. Koltuk altına girip elini boynuma doladım. "Acile gidelim olmaz böyle" dedim, "yok" dedi, "size gidelim, uyuyacağım ben. Hanım görmesin böyle."

Arkamızdan "bunun da fiyakası sönmüş" dediğini duydum elinde sönmüş sigarasıyla kapıda dikilen avurtları çökük bir ihtiyarın. Ön dişleri yoktu sanırım, kulağıma hoş bir Fransız aksanı gibi geldi cümlesi. Öksürdü sonra peşimizden, resmen ciğerlerini öksürdü sokağa.

Üzüldüm söylediğine ama, ihtiyarın tespiti yerindeydi.

Bu çağın fiyakalı kaybedenleri olduğumuzu söyledi hep birileri, bununla övündüğümüz de oldu.

Başında fiyakalı yazınca bir bok olduğunu sandık biz de önceleri ama sonra anladık ki, değilmişiz. Ağız, burun, çene, diş, ciğer, yürek, tepe, tırnak girmişler bize. Hissettirmeden, dur durak bilmeden talan etmişler içimizdekileri. Olsa olsa fiyakanın yırtık bir yakası kalmıştır şimdi elimizde.

Şimdi elimizde derin kesikleri kalmıştır ancak haksız mağlubiyetlerin.

Anladım.

Biz sadece bu çağın değil, bütün çağların en fiyakalı, en güzel kaybedenleriymişiz ama kazananlar çirkinmiş işte.

Ve kazananı çirkin bir çağın kaybedenleri, mutlaka güzel kaybederlermiş.

Annem uyuyordu eve gittiğimizde. Şenol abiyi kendi yatağıma yatırıp salona geçtim. Uykum yoktu. Televizyon kanallarını dolaşırken gündüzleri yayınlanan bir evlilik programının tekrarına denk geldim. Bir yandan da elimde telefon, sosyal medyayı karıştırıyordum.

Ekrandaki kadına takıldı birden gözlerim. Yüzünde nereden geldiği belli olmayan bir özgüven ifadesi ve çatık kaşlarıyla kameraya bakıyor, tüm ülkeye böyle bir adamı koca olarak kabul edemeyeceğini ilan ediyordu özensiz ve doğrudan kelimelerle. Dudağına alelacele oturtulmuş koyu kırmızı ruj, halinden pek memnun görünmüyordu, o dudaklara pek ısınamamıştı sanki. Sağ üst dudak tarafından dışarı adım atmış, ait olmadığı bedeni terk etmeye çabalıyordu. Adamın takım elbisesi bir beden büyüktü ve zaten düşük olan omuzlarını daha da çökmüş gösteriyordu. Adam kabul edilmeyeceğini sonunda kabullenmiş görünüyordu ve bir an önce, daha da rezil olmadan stüdyoyu terk etmek istiyordu, sağ bacağı oturduğu tabureden dışarı doğru ufak hamleler yapıyordu sürekli, stüdyoyu olmasa da en azından adamın bedenini terk etmek istiyordu. Bu trajediye son verecek kimse yoktu o an o stüdyoda, başkalarının trajedisinin seyir zevki yüksektir çünkü. Böyle anlarda herkes herkesi terk ediyordu başka faydalar uğruna. TT listesinde bir kız çocuğunun ismini gördüm aynı anda. Birilerinin bir yerlere attığı bomba sonucunda hayatını yitirmiş, daha yaşamak nedir öğrenemeden yaşamayı terk etmişti. Biz ruhumuzu, yaşadığımız dünyayı bombalayanlara teslim etmiştik. İçimizde iyiliğe dair her şeyi terk etmiştik sanki, öyle yaşıyorduk.

Şu kısacık an içerisinde ne çok şey terk etti ne çok şeyi, sanırım bütün bu terk edişler tek bir şeye işaret etti.

Hepsinden önce umut bizi terk etmişti...

...

Koltukta uyuyakalmışım, evrenin sessizliği televizyon sesine karışmış ruhumu aşındırıyordu sanki. Kötü rüyalar içinde cebelleşiyordum. Sonra gördüğüm rüyaların içinde alakasız bir türkü işittim ve rüyayla gerçeği ayırt ettim o anda. Türkü sesi gerçekti, tanıdığım bir sesti. Uyanmam, rüyadan ayrılmam gerektiğini hissettim. Bir tuhaflık vardı.

Gözlerimi açtığımda türkü daha da belirginleşti. Üst kattan geliyordu ses, "ah yalan dünya" diye haykırıyor, bir yandan da ağlıyordu. Şenol abinin sesiydi bu. Odama baktım, yatak boştu. Hemen dışarı fırladım. Bizim binanın en üst katında, yıllardır bitirilemeyen, inşaat halinde duran çatı katına çıkmış, balkon duvarına oturmuş bir halde, elinde sigarayla türkü söylüyordu Şenol abi. Yerden hatırı sayılı bir yükseklikteydi.

"Abi napıyorsun sen burada gece gece?"

"Bırak lan beni, atlayacağım ben. Yetti artık... Beni bana bırakın. Yalandan yüüzüümmee...."

"Şenol abi s*ktirtme belanı, gel lan buraya! Oğlun var lan senin, karın var, ailen var lan! Abiymiş. Ne biçim abisin lan sen. Biz atıyor muyuz kendimizi sıkıyı görünce? Gitmeye ne hakkın var lan senin it oğlu it! Abi mabi demem gebertirim lan seni, ezik herif! İn lan oradan aşağı!"

"Gebert lan gebert, hadi gebert, napacaksın lan Allah'ın bastıbacağı! Hadi lan ne yapacaksan yap da göreyim!"

Şenol abi balkon duvarından öyle bir hışımla inip üzerime yürüdü ki, gerçekten bana girişeceğinden korktum bir an için ama tekme tokat girişse de canım acımazdı o an. En zayıf noktasından yakalamıştım oradan indirmek için. Oğlunu hatırlatmış, bir de üzerine sağlam posta koymuştum. Dayanamazdı. Öyle kolay kolay posta koyamazdın Şenol abiye, onun karşılığını vermeden, öleceği varsa da ölmezdi Şenol abi, bunu biliyordum.

Pis pis sırıtmaya başladım. Gırtlağımı sıktı.

"Oğlum bana şekil yapmayın lan, harcarım alayınızı! Ölmedik lan biz daha!"

"Abi tamam bırak gırtlağımı, bir sen sıkmadın zaten, tam oldu şimdi. Ölmedin tabi, ölmeyeceksin de. İnadına yaşayacağız abi biz, kaybetsek de yaşayacağız, hep o mu geçecek, biz de dalgamızı geçeceğiz bu hayatla. Abi tamam, abi boğuluyorum, bıraksana boğazımı lan göt!"

Bıraktı. Balkona doğru yürüyüp bir sigara daha yaktı. Ayaktaydı bu sefer, ilişmedim. Denize doğru daldı gitti. Bir sigara da ben yaktım. Ben de denize dalıp gittim.

En azından deniz vardı, kaçabilecek bir yerler mutlaka vardı işte hayatta. Kaçmak, dinlenmek ve yeniden ayağa kalkmak...

Ve anlaşılmak. Anlayacak birilerinin olması etrafında. Şenol abi gibi ketum, her şeyi çoğunlukla kendi içinde yaşayanlar için ne büyük bir ihtiyaçtı aslında.

Anlaşıldıkça iyileşir insan.

Anlaşıldıkça filizlenir, serpilir. Hayata neler sunabilir bir bilsen...

Şenol abi bir isyanın son noktasındaydı artık yanına gittiğimde. Kendine ne yapabilirdi kestiremiyorum şu an, ben de afallamıştım. Söylediklerim caydırdı belki ama o da riskti. O riski almıştım farkında olmadan. Her şeyi yapabilirdi çünkü, göz dönmüş gibiydi. O duyguyu biliyorum. Çözüm bulamamak, anlatamamak, anlatamadığını hissetmek madde bağımlılığı gibi bir şey belki de. Nasıl ki o maddeyi bulamayanlar krize girer, derdini anlatamayanlarda, çare bulamayanlarda da benzer etkileri gözlemleyebilirsin. Anlatamayan insan kendine çok şey yapabilir.

Bıçağın kemiğe dayandığı an. Aklın ve kalbin tıkandığı, artık ilerleyemediği an. Çaresizlik. Yetememek, ulaşamamak kendi dışında bir yerlere.

İnsan yürüdüğü yolun sonunda bir yerlere ulaşmak ister. Ulaşamazsa. Bilemezsin. Tehlikelidir. Bilinmeyen her şey tehlikelidir. İnsanoğlu belki de bu yüzden icat etmiştir isim denen şeyi. Bilmek için. Bilmek ve tehlikesiz hale getirmek için.

"Bak bu Mehmet, bizim Mehmet işte. Çalışır, didinir, annesiyle yaşar, sevgilileri olur ama hep aldanır. Zararsızdır, zararı kendine. Mehmet işte. Bizim Mehmet." Ortama yeni gelmiş, daha ismini bilmediğin birini düşün şimdi. Tedirginlik sebebi. Bir insana ısınmadan önce ismini bilmen gerekir, yoksa kaşıntı başlar, ismini cismini öğrenene kadar rahatlayamazsın.

Öyle işte.

Bir yerlere varmak ister insan. Bir şeylerin adını koymak ister, onca çaba bir sonuca bağlansın ister. Aksi yıkımdır. Yıkımlar insana hep yakındır. İncecik bir çizginin kenarında yürüdüğünü düşün. Ufak bir denge kaybı. Sonrası meçhul. İnsan dengesizliğe meyillidir, emin ol. İnsan dengesini bozacak bir çok şeyin ortasında bir yaşam mücadelesi vermektedir. Dolayısıyla insan anlaşılmalıdır. Anlaşılmak dengeyi sağlar, ayakta tutar, iyileştirir.

Vitamin ilacı reklamı gibi oldu. Bu sıralar da çok görüyorum bunu. Bunu içersen gün boyu enerjik olursun. Ulan 40 yıl önce insanlık yine vardı ama bu ilaç yoktu. Ne yaptınız insanlığa da bu ilaca ihtiyaç duyar oldu bu insanlık? Önce bunun hesabını verin, sonra reklam mı yapacaksınız ne bok yiyeceksiniz yiyin. Almıyorum. İnsanlığa yaptığınız her şeyi reddediyorum. En azından düşünsel olarak, yoksa içine ettiğiniz bu hayata mecburum. Boktan da olsa yaşamaya, ayakta kalmaya mecburum.

Çünkü size yenilen sizin gibi olsun.

Neyse.

Bu adam bu gece ben uyanmasam, yukarı çıkmasam çok şey yapabilirdi kendine. Sadece anlaşılmadığı için, yetemediği için silebilirdi kendini yeryüzünden. Sırf bunun için bile yaşamaya değer. Bir gün bir yerde olup, bir insanı anlayıp, onunla olduğunu hissettirme ihtimali için, bir hayatın devam etmesine küçücük de olsa bir katkıda bulunabilme ihtimali için bile yaşamaya değer.

Anlayın insanları. Yaşamanın değerini anlayın.

Anlayın, zor değil bu.

Çatı katından aşağı indik Şenol abiyle. Eve girmeden, yolun ortasında bir sigara daha yaktı. "Eve gidiyorum ben," dedi, "hanım merak eder. Seni de darladım gece gece, kusuruma bakma aslan."

Ben "ne demek abi, sen abimsin benim. Kalsaydın abi, sabah kahvaltı falan ederdik" diye saydırırken kelimeleri o çoktan arkasını dönmüş sokak boyu ilerlemeye başlamıştı.

Hayat pamuk ipliğine bağlıydı.

O pamuksu yumuşaklığı hayatımızın bağlandığı yerde hissedebiliyorduk zaten sadece, geri kalan kısmın hammaddesi çuval ipinden başka bir şey değildi.

Eylül...

Biliyor musun, bir an gelir, kaybetmelerin de sonu gelir...

Sabah Cemal reisin mesajıyla uyandım, "bu pazar halay çekeceğiz"

Başta anlamadım uyku sersemliğiyle, kendime geldiğimde "anaaa" deyip telefona sarıldım.

"Abi???"

"Ne var?"

"Abi ne halayı? Damatlık da olacak mı üzerinde?" dedikten sonra kahkahayı patlattım.

"Bırak zevzekliği. Gömlek kravat işte. Pazar burada ol. Halay çekeceğiz."

"Tamam abi" dedim, "buralardayım ben, hani bir ihtiyaç olur falan, beni arıyorsun, önce beni!"

Yok ihtiyaç falan, pazar düğün işte, bir imza biraz da halay. O kadar. Sen gel yeter."

"Tamamdır abi" dedikten sonra sırıta sırıta kapattım telefonu. Mutlu olmuştum çünkü Cemal reis evlenmiş olmak için evlenecek bir tip değildi. Sanırım aşık olmuştu yeniden. Geçmişin bütün o kırgınlığını, yorgunluğunu, düş kırıklarını onaracak bir aşk gelip bulmuştu onu işte. Zaman meselesi. Doğru zamanda olabileceklere inanamazsın. Hayat her zaman tepetaklak sürükleyecek değil seni. Güzel günler de gelip buluyor insanı, neden bulmasın?

Tuhaf bir mutlulukla adımlamaya başladım şehrin dar sokaklarını, bir an önce çarşıya inip, dükkanı açıp insanların arasına karışmak istedim o gün. Cemal reis'le yaptığım konuşma içimde ölü gibi yatan bazı duyguları harekete geçirdi sanırım, vücudum anormal derecede serotonin salgılıyordu, hissediyordum.

Mutluydum ve bu kadar mutluluk alışık olduğum bir durum değildi. Bu beni daha da mutlu etti.

Biliyor musun, bir an gelir kaybetmelerin sonu da gelir. Buna inanır insan, inanmalıdır, inanırsa dünya biraz daha güzelleşir en azından.

Herkesin herkes için doğru bir zamanı vardır, başımıza gelen işlerin çoğu zamanın yanlışlığından gelir.

Bazen bir insanı yıllarca içinde taşımanın ağırlığı, zamanı geldiğinde bir kuş kadar hafifletebilir seni. Eylül gibi.

Bir eylül ayında, sararıp yere düşen yaprakların üzerine vuran yağmur damlalarının içinde ağırlaşan hüznüyle adımlarken sokakları, bir gülüşün, hayatında neleri değiştirebileceğini tahmin bile edemezsin.

"Nasılsın?"

"İyiyim Eylül. Sen nasılsın? Buralardasın sen de?"

"Teşekkür ederim, buralardayım. İş icabı. Yani biraz da işsizlikten aslında. Ablamın yanındayım. Şimdilik. Ama o da uzun sürmez. Çekilmez bir hal aldı artık. Kendi mesleğimi yapmak istiyorum. Atanacağım inşallah. Sen neler yapıyorsun?"

Ben neler yapıyorum? Bir bilsem Eylül. Ne yaptığımı bir bilsem.

"Ben de buraya döndüm işte. Oyuncakçı açtım. Gazetedeydim, ayrıldım bazı sebeplerden. Şimdi buralarda işte. Belki bir dergi falan çıkarırım, bakalım. Şehre bir şeyler katmak lazım Bir yandan da oyuncakçıda, çocuklar falan. Güzel yani."

Güzel yani. Cümlenin yetersizliğine bakar mısın? Bir baltaya sap olamadım, her şeyi yüzüme gözüme bulaştırdım, neyi tutsam elimde kaldı demiyorum da, oyuncakçı falan, güzel yani. Ne güzeli? Güzel olan ne? Tırmalayıp duruyorum işte, bir boka yaradığım yok, sen yoksun, bir yanım hep eksik. Hepsi benim yüzümden. Ama söyleyemiyorsun işte. Ne kadar kızsan da kendine, her zaman her koşulda olduğun gibi olamıyorsun. Gerçek bu.

"Ne güzel."

"Güzel evet, kendi işim en azından. Keyifli. Ablandan neden ayrılmak istiyorsun?"

Tarih tekerrürden ibarettir derler. Ne ekersen onu biçersin derler. Doğru derler. Eylül'ün ablasının yanından ayrılması, onu yalnız bırakması hoşuma gitmişti aslında. Sevda, Eylül'ün ablası, Cemal reisi ardına bile bakmadan terk edip giden Sevda, terk edilecekti işte, sonunda tek başına kalacaktı. Allah'ın sopası yoktu, ettiğini bulacaktı.

Cemal reis bahsetmişti, evlendikten sonra kocası büyük bir kafe açmış Sevda'ya. Eylül de üniversiteden mezun olduktan sonra bir süre atanamayınca ablasıyla birlikte kafeyi işletmeye başlamış. Sevda zaten evliliğin daha ilk yıllarında parayla saadet olmayacağını anlayınca psikolojik sorunlarla boğuşmaya başlamış. İş güç hak getire, erkenden çatırdamaya başlayan bir evlilik. İş yerinin bütün sorumluluğunu Eylül üstlenmiş. Tabi o da bir yere kadar demek ki. Fırsat bulsa bırakacak, neresi olursa olsun bir yere atanınca basıp gidecek.

Gidecek.

Gitmesin.

"Tahammül sınırlarımı zorluyor artık. Kendini de, etrafındaki her şeyi de tüketiyor. Daha fazla katlanamıyorum. Boş ver, tatsız hikaye."

"Oturalım bir ara."

Cümlenin samimiyetsizliği. Herhangi birine edilmiş herhangi bir söz gibi. Oturalım. Bir ara. Artık ne zaman olursa. Olsa da olur olmasa da. Sanki böyleymiş gibi. Sanki o herkesmiş gibi.

Halbuki ben onca yılın yanlışından dönmek istiyordum Eylül. Yıllarca göremediğimle, görmekten kaçtığım, içimde saklı tuttuğum her şeyle yüzleşmek istiyordum artık. Ellerini tutmak ve geriye kalan her şeyi unutmak istiyordum.

"Olur, oturalım bir ara" dedi, güldü. "Ne zaman?"

Şaşırmıştım, mutluluktan havaya uçabilirdim. "Ne zaman istersen" dedim.

"Tamam," dedi "yarın öğleden sonra, sahilde."

"Tamam," dedim, "yarın öğleden sonra, sahilde."

Tokalaştık. Bırakmadım elini. Kulaklarım yanmaya başladı. Gözlerine baktım uzun uzun. Rüzgarda uçuşan saçlarına baktım. Eli elimdeydi hala. Bırakmadım. O da bırakmadı. Sonra gitti.

Yüzünde kocaman bir tebessümle gitti.

Böyle olmamalıydı artık, hiç bir şey bu zamana kadar olduğu gibi olmamalıydı.

Bu cümleyi kurmaktan da yorulmuştum.

Böyle olmamalıydı dediğim çok şey vardı ve hep tam olarak öyle oluyordu. Suyun akışına kapılarak yaşıyorduk. İnsan suyun akışını değiştirmeliydi, değiştirebilmeliydi.

Akışını değiştirdiğim suya kapılmalıydım bir sefer de. O suya kapılıp Eylül'e varmalıydım artık. Mutluluk Eylül'dü, hissediyordum. Herkesten uzak çorak toprakları özlemektense, daha verimli, daha güzel bir hayatı düşlemeliydim. O hayatta Eylül de olmalıydı. Bugüne kadar kaybettiklerim, daha güzel bir hayatın basamakları olmalıydı sadece.

Daha güzel bir hayat, bir avuç da olsa mutluluk neden mümkün olmasındı?

SON

"Seviyormuş... Dünyayı bu cümle değiştiremeyecekse, zaten yaşıyoruz demesin kimse."

Sevgilim.

Ne güzel gülüyordun sen o öğleden sonra.

Elinde bir çanta ve parlayan gözlerinle etrafa gülümsüyordun. Sadece benim hayatımı değil, bütün bir hayatı aydınlatıyordun gülüşünle. Hediye mi almıştın bana? Ne vardı o beyaz çantanın içinde? Mutlu muydun hiç olmadığın kadar?

Gökyüzünü hiç o kadar mavi görmemiştim ben. Dolu dolu, pırıl pırıl bir mavi örtüyordu üstümüzü, yerle bir olmuştu tüm karanlığı yeryüzünün.

Yol boyu dizilmiş kavak ağaçlarının serinliğinde, sanki yolu bile incitmekten korkuyormuş gibi ürkek ama sağlam adımlarla yürüyordun. Seni izlemenin verdiği huzurla doluydum, her şey ve herkes donmuştu etrafımda birdenbire, yok olmuştu sanki. Yazın daha ilk günlerinde ayağımı denize soktuğum o ilk anlar gibi, kendini duyumsayan, kaygılardan uzak, ikirciksiz, saf ve derin bir huzur. Herkesten uzak. Karşımda sen ve huzur dolu bir ben...

Sense, sadece güzeldin sevgilim, seni bundan daha güzel hangi kelime tanımlardı bilmiyorum.

Kaldırımın kenarında öylece dikilip, masum gözlerini gözlerine sabitleyerek mendil satan bir çocuktan mendil almak güzel bir davranış olabilir, ama aynı zamanda o çocuğa gülümsemek, onun saçlarını okşamak ise dünyayı güzelleştirir. O an o mendil bütün kirini pasını temizleyebilir yeryüzünün. Israrla gülümseyen gözlerinle sen bir mendil gibi geçip gidiyordun yeryüzünden sevgilim. Tertemiz. Kirletilememiş.

Ruhunla, bakışınla, gülüşünle ve yüzünde, yüreğinde aslında hep var olan ama kimselere göstermediğin o güzelim hüznünle, sen çok güzeldin sevgilim.

Elinde bir çanta ve güneşin altında parlayan saçlarınla buluşacağımız yere doğru yaklaşıyordun, izliyordum. Huzurla izliyordum, beni fark etmemiştin henüz.

Çok yakınımda duran yaşlı bir amcayı fark ettim birden. Hayatın bu hızla akıp giden anlamsız telaşı içerisinde yanı başımızda sakince duran ne çok güzel detayı ıskalıyor, kaybediyoruz aslında. Her şey ve herkes çıldırmışçasına bir hızla aslında yok olmaya doğru ilerlerken, bir anlamı olan ne çok detay yok olmaya yüz tutuyor günümüzde...

Dilek feneri, tespih, kalem...

Yaşlı amcanın insanlara sundukları aslında birer işaret gibiydi. Bir nevi hatırlatma: "Durun, nereye koşturuyorsunuz böyle şuursuzca?" der gibiydi o sakin ve ne yaptığını bilen duruşuyla. Önünde duran objeleri sabırla, sabretmekle ilişkilendirdim. Dilek feneri, kalem, tespih. Beklemenin, umut etmenin, çabalamanın sembolleri gibiydi yaşlı amcanın önünde duran her şey.

Bir dilek feneri al, yak onu ve yükselmesini, en yükseğe ulaşmasını umut et. Yükselmezse de yıkılma hemen, bir tane daha yak. Bir dilek tut ve ağır ağır yükselmesini, gerçekleşmesini bekle. Sen elinden geleni yap ve sabret yeter ki. Bir gün elbet yükselecek o fener, bir gün elbet umutların yeşerecek.

Bekle.

Çünkü günümüzde beklemek, bekleyebilmek en büyük çabadır zaten. Herkes koşarken bekleyebilmek, yürek ister.

Sabırla döşe umutlarına giden yolun taşlarını, kaydettiğin her aşamayı sev, değer ver yaptıklarına. Narin ve pürüzsüz bir tespihin taşlarını okşar gibi okşa yüreğinle kazandığın her zaferi. Ve kimse okumasa da, al o kalemi eline ve sabırla yaz kendi tarihini. Zaferlerini, yenilgilerini, hüzün ve mutluluklarını...

Yaz hepsini ve ardına bakma.

Kısacık bir zaman diliminde bunlar geçerken aklımdan, yaşlı amcanın elektrikli sandalyesinde asılı eski radyodan usulca, kimseyi rahatsız etmeden ve maalesef kimsenin de dikkat etmediği güzellikte bir melodi gelip çarptı kulaklarıma. Tanıdık bir ses. Sevdiğim bir ses. Zerrin Özer'in sesi.

Sana baktım tekrar, karşıdan karşıya geçmeye hazırlanıyordun. Saçların ve gözlerin hala parlıyordu. Yüzüne sabitlediğin tebessüm kirpiklerine salıncak kurmuş hüznü gizleyemiyordu. Ben görüyordum. Sana dair her şeyi, seni ilk tanıdığım o çocukluk günlerinden beri bildiğimden emindim. Herkesten çok ben biliyordum. Henüz keşfedemediğim bir çok şeyi biliyordum, doğuştan geliyordu belki de sana dair bildiğim her şey. Belki de seni tanımdan önce, sana dair her şey çoktan yer etmişti benliğimde ve zamanla ortaya çıkıyordu. Ben sendim sanki, öylesine ait hissettim kendimi sana dair her şeye. Ben sendim sevgilim, sen bendin.

Öğrendiklerimizin aksine, iki eşittir birdi ve belki de her şey bu kadar basitti. Bu kadar sade, bu kadar yalın ve bu kadar temiz.

Aşk bir olmaktan, tertemiz olmaktan başka bir şey değildi...

Olacak mıydık? Yoksa olmadığımızı sansak da, çoktan olmuş muyduk?

Hep şunu dedim kendime:

"Bu hayatta, gözlerime bakıp içtenlikle bana gülümseyen bir çift gözden başka bir şeyim olmasa da olur."

Hissettiğim tam olarak buydu senin gözlerinde.

Sevgi sözlerden değil, gözlerden yayılan bir duyguydu. Seni sevdiğine inandıranlar, bunu gözleriyle başaranlardı. Bunu anlamak uzun yıllar almazdı. Basitti. Hissetmek yeterdi.

Çocukluğumdan gelip bugünümü kucaklayan sıcacık bir gülümsemeydi seninki. Annemin sevgi dolu gözleriydi bana bakan, babamın şefkat dolu gözleriydi.

Onlar çok önceden bırakıp gitmişlerdi beni, daha güzel bir aleme göç etmişlerdi. Bir daha o gözlerin hayatımda olmayacağından o kadar emindim ki. Hayata öylesine küsmüştüm ki, her şeye olan inancımı, güzel bir hayata, umut dolu bir geleceğe olan inancımı öylesine yitirmiştim ki, şimdi bu yaşadıklarım rüya gibiydi. Ve ben asla uyanmak istemediğim bu rüyadan, daha başlamadan uyanıyordum işte.

Kayboldu gözlerin. Gürültülü bir ses kulağımı aşındırırken, gözlerim hemen arkandaki ıhlamur ağacının neredeyse yere değecek kadar gür yapraklarında takılı kaldı bir süre.

Yaşlı amcanın radyosundan gelen sesi işittim sonra:

"Bu son buluşmamız, bu son görüşmemiz, kim bilir bir daha karşılaşmayız, belki de bir daha görüşemeyiz" diyordu Zerrin Özer.

Sondu.

Başlamadan bitmişti. Saniyelikti her şey. Hayat gibi. Aslında bir nefeslik andan ibaret olan hayatın ta kendisi gibi. Bir anda olup bitiyordu işte her şey.

Yoktun artık.

Bu kısacık hayat, çoğu insanın kolaylıkla üstesinden geldiği bu hayat bazılarına neden bu kadar zordu?

Gerçekten sevenler, gerçekten hissedenler, yüreğini ortaya koyanlar neden acılardan uzak olamıyordu?

Ihlamur ağaçları, arabalar, yaşlı dede, radyosu ve ben... Her şey yerli yerindeydi.

Sen yoktun artık. Ve bir daha olmayacaktın işte.

Bu kadardı. Bir kitap bitmeden, bir hayat bitmişti. Sen bitirmeliydin oysa bu kitabı, bunu yapmak bana kalmamalıydı.

Başkasının yazdığı bir kitabı kim bitirebilir ki? Başkalarının çizdiği bir hayatı kim silip yeni baştan yaşayabilir? Hiç birimiz.

Merhaba ben Eylül.

Kendimi anlatacak değilim. Ne kadar anlatsam da anlamazsın, çünkü sen de hiç anlaşılmadın.

Kapağı sayfalarından ayrılmış bir defter düştü önüme. Dikişleri duruyor hala, ayakta.

Yazan kişinin üzeri örtüldü belki ama o üzeri örtülsün istememiş sanki sayfaların, yüreğini döktüğü defterin kapağına bile tahammül edememiş, bu defterin üzerini hiç bir şey kapatamasın istemiş.

Okuduğun her şeyi bu defterden okudum ben de, seninle birlikte.

O defter bendim belki de, onun ömür boyu kapatamadığı defterlerden biriydim.

Değerliydim, anlıyorum.

Biliyordum zaten ama göstermemişti son ana kadar, ya

da hazır değildi bilmiyorum. Ben de gösterememiştim gerçi, belki hazırdım ama yine de ondan bekledim hep. Bu arada zaman da akıp geçti. Zaman akıp geçer zaten, başka işe yaramaz.

Hayat...

İnsan keşke içindekileri tek tek gösterebilse herkese, göremeyenlere, duyamayanlara açabilse de yüreğini, "bak" diyebilse, "ne boş şeylerle uğraşıyorsun sen bu yürek bunları hissedip bunca yoruluyorken."

Ne kadar farklı olurdu değil mi?

Herkesin herkesin yüreğini görebildiği bir dünya ne kadar insanca, ne kadar adil ve ne kadar sevgi dolu olurdu.

Olmadı hiç.

Ama olabilir.

Tek kelime, tek bir cümle...

"Seviyormuş...

Dünyayı bu cümle değiştiremeyecekse, zaten yaşıyoruz demesin kimse."

diyen bir adamın defterindeki son sayfalara yazıyorum bunları, inanıyorum onun yüreğine.

Dünyanın daha güzel bir yer olacağına inanıyorum yine de.

İsterdim ki hiç bitmesin bu hikaye, bitecekse de o bitirsin ki o başlattı zaten, tertemiz bakışlarıyla başlattı. Sonuna bakıp da, "başlatmasaydı keşke" diyemem, o yüreğe haksızlık edemem.

Bitirmek bana düştü şimdi bu defterde yazılı hikayeyi, bitirebileceğimi sanmıyorum. Neden diye sorma. Bak etrafına, insanca hikayelerin nasıl acımasızca bittiğine bak. Bir maganda kurşunuyla, zengin bir züppenin gaz pedalına asılmasıyla, bir eczane kapısında ilaç yokluğunda, ders çıkışı bir şarapnel parçasıyla, koca dayağıyla, sapıkça arzularla, gözü dönmüşçesine savunulan, insanı unutmuş bir dava uğruna...

Fark eder mi nasıl bittiği?

Aslında her hikaye zaten bir hiç uğruna bitmez mi? Üzerine titrediğin hikayelerin üzerine her seferinde gaddarca çöreklenmezler mi zaten?

Bitti sandığın her hikaye aslında hep yarım değil mi?

Öldü Mehmet.

Çok da önemli değil nedeni.

Herkes kadar kolay, herkes kadar sıradan ve herkes kadar eksik öldü.

Bunu bil yeter.

Ben söylerim ama bitiremem, hikayelerin sonunu yalnızca o hikayeyi yazan belirler.

Sonra soğuk bir odaya götürür, büyükçe bir çekmeceye koyarlar. Beyaz çantadan oyuncak bir panda çıkar. Üzeri kurşun kalemle yazılmış son bir sayfa düşer yere...

Gece uykularımız çalındı,

umutlu sabahlarımız,

emek emek kurduğumuz düşlerimiz,

insana olan inancımız çalındı.

Tamam da...

Sen söylesene bana Eylül,

gülüşlerimiz asılı dururken gökyüzünde,

kaybettik diyebilir misin yine de?

"Birlikte ayaktayız, ayrılınca yıkılırız." Unutamayanlara ve unutmaya karşı direnenlere...

Unutamadım, bir yanlışın romanı. Bir kaçışın, bir vazgeçişin, ama aynı zamanda kaçamayışın romanı. Umudun en dibe vurduğu anda hayatın kulağa fısıldadığı güzel günlerin romanı. Aşkın yüzeysel ele alınmadığı, hayata dair olandan bağımsız tutulmadığı bir roman. İçimizi güzellikle dolduran aşk kadar, o aşkın bir köşe başında uğradığı tecavüzlerin, yanı başında patlayan bombaların, gözünün önünde tekmelenen çocukların, en değerlileri için kendinden vazgeçmiş ve fakat bir hastane köşesinde dalgın gözlerle ölümü beklerken bile aşkından vazgeçmemiş olanların romanı... Bazen kocaman bir hiç'in, bazense hayatı anlamlı kılan her şeyin romanı.
Caner Yaman, sarsıcı aldanışlardan sonra hiç durmadan yürümüş ve bir yere varamamış olanların dünyasına ışık tutuyor bu kitabında. Ayrılığın ne olduğunu, her gün daha da kirlenen bir dünyada aşk'ın ne olduğunu sorguluyor. Bitti denilen noktada karşılaşılan başlangıçların, güzel yürekli insanların ve onları terk etmeyen umudun izini sürüyor.

Hatırlamak düşmandır; ruhu yorar, beyni yorar, kalbi yorar...

Caner Yaman, deneme ve öykülerden oluşan bu kitabında sahici ve yalın bir dil kullanıyor. O sahicilik "bazen can yakıyor bazen de can veriyor". Hayat gibi!
Sıradan olana karşı çıkan, farklıkları önemseyen, yeniyi arayan, ötekini anlamaya çalışan bir dil kuruyor. Kimi zaman delirmişçesine kanırtıyor kelimeleri; gidenlere, kaybedilmişlere, kaybedenlere sesleniyor.
Kimi zaman dingin akan müziğin notaları gibi diziliyor sözcükler. Güzelliklere yer açın diyor!
Aşıktım Hatırlamıyorum, bizi uyuşturan, şaşırtan, rahatlatan, ağlatan, güldüren kısacası bizi biz yapan tüm yönlerimize sesleniyor. Yitip gitmeye yüz tutmuş o "çok sevgili" yaşanmışlıkların içine yolculuğa çıkartıyor. "Yürekte demlenmiş", damıtılmış kelimelerin bir araya gelmesiyle kurgulanmış uzun öyküler ve denemelerle edebiyatın büyülü lezzetini tattırıyor.
Caner Yaman "İçimdeki bütün sesler sustuğunda, bir odada tek başıma kaldığımda yalnızlıktan değil yazdıklarımdan medet umuyorum. Çünkü onlar kendine söyleyemediklerim oluyor, herkesten gizlediklerim... Bazen can yakıyor, bazen can veriyor!" diyor.
Yaklaşın yaklaşın bu kitap hepimizin gizini çözüyor. Bizi ortaklaştırıyor!